儿童夏令营展览

地坛书市展览

接受《第七日》栏目采访

我是一个兵

梦回军营

爱音乐的车铃侠

车铃版八五加农炮

车铃侠

袁宝中 袁雨 著

中国华侨出版社
·北京·

图书在版编目（CIP）数据

车铃侠 / 袁宝中, 袁雨著. — 北京 : 中国华侨出版社，2019.7
（2024.2重印）
ISBN 978-7-5113-7923-8

Ⅰ.①车… Ⅱ.①袁… Ⅲ.①长篇小说—中国 Ⅳ.①I247.5

中国版本图书馆CIP数据核字（2019）第133764号

● 车铃侠

著　　者：袁宝中　袁　雨
责任编辑：姜薇薇　桑梦娟
责任校对：孙　丽
封面设计：盟诺文化
经　　销：新华书店
开　　本：880毫米×1230毫米　1/32开　印张：7.25　字数：163千字
印　　刷：三河市腾飞印务有限公司
版　　次：2019年9月第1版
印　　次：2024年2月第2次印刷
书　　号：ISBN 978-7-5113-7923-8
定　　价：56.00元

中国华侨出版社　北京市朝阳区西坝河东里77号楼底商5号　邮编：100028
发行部：（010）64443051　传　真：（010）64439708
网　址：www.oveaschin.com　E-mail：oveaschin@sina.com

如发现印装质量问题，影响阅读，请与印刷厂联系调换。

致
　至高无上的想象力

序 preface

  关于序言,给车铃侠写序完全没想到,我认识作者多年,印象中,他长期从事驾驶工作并没有这方面的表露。后来得知,手工制作是他从小的追求并一直坚持不懈。在我国,有这种追求的人不在少数,但由于各种原因没能走进专业化队伍。岁月不在梦还在,《车铃侠》从实物反推故事,致敬的是至高无上的想象力。书中的主角铁蛋糕,原本是一个充满幻想的车铃,为了自由,它渴望自己能够拥有手脚和翅膀,为此,它遇到了许多困难,也想了许多办法。这本书不一定具有多少科技含量,它的意义在于有梦想就要想办法去实现,可以说,想办法是这本书的核心内容之一。在这里,还涉及了不同的启蒙方式,视觉启蒙往往在读书之前就已经开启了。在书本之外,电视和电视技术的出现,无疑为视觉启蒙的多样化增加了一个窗口,对观众的兴趣养成产生了积极作用。书中的主角铁蛋糕,就是在一档介绍中国古代科技成就的节目中,了解了明末科普作家宋应星的事迹和他的科普巨著《天工开物》,通过对书名的深入研究和闪念火花的帮助,主人公终于悟出了想与做的辩证关系,从一个步履蹒跚的车铃变成了拥有超能力的车铃侠。尽管袁宝中在他的首部作品中尽力去尝试体现

《天工开物》的精神，仍还有许多不尽作者之意的地方，但坚持梦想勇于实践的精神让我深深敬佩。希望他能在日新月异的网络平台上，将网络与电视相结合，不懈耕耘，再创新作。

2018.7.9

第一章　等待与希望

1. 天上有故事 2
2. 地下也精彩 4
3. 不一样的惊蛰 8
4. 绝处逢生 13
5. 柳暗花明 23

第二章　都不省油

1. 不一样的世界 32
2. 不打不相识 41
3. 天道酬勤 46
4. 听里刨食 52
5. 求之不得 56

第三章　喜出望外

1. 不一样的求学路 64
2. 不一样的课堂 71
3. 说者无心 76

第四章　欲速则不达

1. 玻璃罩 86
2. 阴错阳差 88
3. 弄巧成拙 92
4. 事与愿违 98
5. 节外生枝 101
6. 小阴谋大诡计 105
7. 蒋干盗书 110

第五章　无心插柳

1. 意外中的意外 118
2. 独具慧眼 121
3. 书能通天做能通神 129

第六章　快马加鞭

1. 紧锣密鼓 136
2. 防不胜防 142
3. 较量 146

4. 巧妇难为 151

5. 层层剥茧 156

第七章　将计就计

1. 不隐瞒 166

2. 借鸡下蛋 171

3. 急不可待 178

4. 针尖对麦芒 186

5. 化茧成蝶 192

第八章　如愿以偿

1. 好心帮倒忙 200

2. 暗度陈仓 207

3. 磨刀不误砍柴工 213

第九章　尾声

1. 各得所需 222

2. 儿行千里母担忧 226

第一章　等待与希望
Chapter One

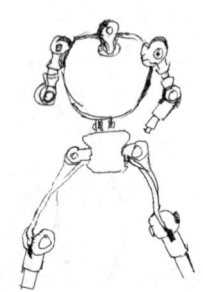

1. 天上有故事

　　一日清晨，几条形似充气船的虚形白影空气船从人员密集的京西火车站向外飘出，它们无声无息、若有若无，它们以气流为动力以空气为掩护奔向四面八方。

　　天地万物皆有灵性，全世界每天产生的突发奇想和智慧火花不下几百亿，以每人每天产生 10 个计算，仅一天人类就占去了 700 多亿。1000 万种生物为了生存，在吃与被吃之间也会产生数以百亿的灵光一现，而那些服务于人类的再造物质本身就是从人类的灵感转化来的，它们无一例外都在研发的路上走过，身上带有人类智慧的烙印。

　　虚形白影空气船长短不一、宽窄不等，长的可以超过 5 米，短的形如一片树叶。

　　若你仔细看的话，你会发现每条船上都有乘客——它们是闪念家族成员，从属于天宫灵魂院办法局。它们以家庭为单位专门收集产生于低空的闪念火花，然后再将收集到的火花上呈到办法局。办法局注重好办法的收集研究，下辖多条线路和多个分拣中心，对于以低空收集为主的闪念家族，办法局还为它们开放了5米至50米的低空航线。

一条长约1米的空气船从人头攒动的火车站向北飞出，船上坐着漏勺爸爸、漏勺妈妈和它们的3个漏勺孩子，这条船我们叫它漏勺船。漏勺船上的一家专门负责5米到15米的低空收集和应急处理。漏勺爸爸孔眼稍大立在船头是船长，负责航行安全和信息观察，脚边放着一把成人拳头大的短把儿大眼漏勺。漏勺妈妈孔眼偏小是漏勺里孔眼最小的，手拿一把长把漏勺坐在船尾负责捞取、筛选和分拣，有时会把一些没用的信息扔出船外。它们的大"孩子"名叫大垫圈，因其外形好似一个放大的垫圈所以负责监听，二"孩子"名叫二垫圈，外形是两个连在一起的垫圈，由于它可以"弯腰"，所以负责观察。

还有一个三个垫圈横向连在一起的"孩子"负责记录，它的外形很像一个抽象的小螃蟹。这个孩子手脚勤快经常帮妈妈分担劳动，它既是一名记录员也是一名观察员，还是一名低空中的求助响应者。此次，它们从火车站收集了一些火花又一直沿航线低空向北飘行。

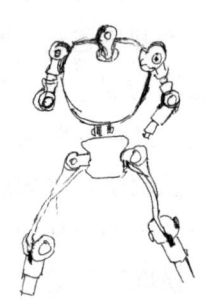

2. 地下也精彩

宇宙台位于京西坐北朝南。主楼东墙下有一个 10 米长的东台阶，台阶对面是一个自行车存车处和一个方便职工的小卖部。台阶南北走向下边是地下室，窗户两边是草坪和绿篱。多年的弃用使台阶下堆了许多杂物，破桌子烂椅子还有斜靠在破桌子边上的旧自行车。为了掩蔽这些杂物，主管部门特将南北两端用简易的竹篱笆进行了封堵使常人一般不易进入。

21 世纪初，乍暖还寒的一个休息日。清晨，几只麻雀落在台阶北侧，有的埋头啄食，有的在草中寻觅。这时，篱笆内 2 米处忽然传来问话声："找什么呢？"小麻雀 A 说："肉！"篱笆内声音惊讶地说："土里能长肉？"小麻雀 B 边找边说："肉虫子！"篱笆内声音质疑地问："这季节有吗？"一旁的麻雀妈妈说："今天不是惊蛰嘛，碰碰运气！"篱笆内声音道："这都是你的孩子？"

麻雀妈妈回答说："就俩，去年秋天的。"篱笆内声音好奇地问道："你们是地里长的还是树上结的？"小麻雀A停止啄食歪着头对篱笆内说："姆们是妈妈孵的！"篱笆内声音话锋一转："能把我孵出来吗？我给你们当弟弟！"小麻雀B扑棱一下飞到麻雀妈妈身边，吃惊地说："妈你看它呀！"麻雀妈妈淡定地安慰它："车铃小怪逗你玩呢，打我爷爷的爷爷奶奶的奶奶那会儿它就这样！"篱笆内的声音以羡慕的口吻说："……有翅膀多自由啊！"麻雀妈妈略带回忆的口吻道："去年你要的……好像是一双手！"篱笆内的声音耍赖般地说："我两个都想要！"麻雀妈妈说："你这是异想天开！"篱笆内的声音说："我这是坚持梦想！"小麻雀A自豪地说："姆们和你的梦想不一样！"篱笆内的声音央求着："你就帮帮我呗。"麻雀妈妈道："行，我帮你问问乌鸦，它块头大！"篱笆内的声音强调说："我想当的是麻雀！"麻雀妈妈"哼"笑一声："我要有那本事早孵恐龙去了，还用自己找虫子！"篱笆内的声音道："说的也是！那就祝你很快找到虫子！"麻雀妈妈笑了，说道："这还像句话！回头我帮你问问。"篱笆内的声音高兴地说："谢谢！"麻雀们可能会一代一代地传下去：这里有个爱胡思乱想的"车铃小怪物"！

　　台阶下属于背阴段光线较暗。一个破旧书桌旁斜靠着一辆老旧自行车，车把上的转铃落了很多尘土，我们暂且叫这转铃"车铃小怪"。多年前，它随车被人推到这里一待就是10年，台阶就像一堵墙阻断了它与外界的联系，使它不能很好地把听到的信息与储备的物象相结合了。时间一长，它的想象力也出现了歪用倾向，歪用想象能让它把张三的一句前言和李四的一句后语糅在一起，然后得出一个风马牛不相及的结论，它曾经甚至为寻找"披着羊皮的狼"而焦虑不安。更为荒谬的是：在它看来，事物都是

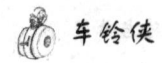

为它而存在的！事物在它看见之前完全处于"休眠"状态，一切都因它的出现而复活，它一离开又都"死"了回去："我没看见等于没有！"

所谓麻雀虽小有自由就好，而毫无自由可言的车铃这些年就是靠想象打发日子的，有时它会主动"招惹"飞临"眼前"的小型飞禽，既羡慕它们的自由又感叹自己的无助。

忽然，台阶外传来一阵嘈杂声，车铃小怪急切地问："外边怎么了？"受惊的麻雀不及回答便"啾啾"叫着飞走了。原来是有人把自行车停在了台阶外边，南边、北边很快停了几辆，这可是前所未有的！存车处在对面，怎么今天停这儿了？正要瞎联想，车铃小怪又看到北边一辆车的车把上有个单盖儿小黑铃儿离自己很近，不由得惊喜万分："这位大哥……今儿怎么都停这儿了？"对方离它不远，见有人问便回答说："存车处马上要拆！"车铃小怪高兴地猜测着说："盖新的？"小黑铃儿："不是！说是改停汽车了。"车铃小怪愤愤地说："凭什么？"对方认为它少见多怪："凭人家是汽车呀，你外星来的？"车铃小怪"愣"了一下又关心起了对面小卖部的情况道："那小卖部呢？"小黑铃儿："一块儿拆！"

小卖部与存车处紧密相连，是车铃小怪获取闲杂信息的重要来源，如果一同被拆那就等于把车铃小怪的"耳朵"堵上了。车铃小怪着急地问："那以后上哪儿买大馒头去呀？"小黑铃儿笑了，讽刺道："这你也管？你可真够神的！"车铃小怪想起了一件重要的事问："能帮我出去吗？"小黑铃儿："先说你有主儿吗？"车铃小怪不假思索道："没有！"小黑铃儿："没有就别出去了，正要清理没人要的呢！"车铃小怪不相信地说："我会没人要？我正经是用票买的呢！"小黑铃儿已掉漆褪色看上去有些使用年龄了，一听对方这么说确认它已落伍多时说："现在呀，买你那张票比你还值钱呢！"车铃小怪更加不信道："新鲜！那就是一张纸儿，我是什么呀？"结合它略显突兀的言语，一直未与社会脱节的小黑铃儿不忍再说什么，挤兑不如相告："咱现在不算三大件了！现在是风吹雨淋臭大街……不吃香了！"车铃小怪开始还想争辩，瞎说！"三大件"怎么能臭大街呢！但当听到那句"不吃香了"以后立刻就明白了。

  这句话言简意赅，少一个"不"字，春风得意，多一个"不"字，下坡路是也！尽管自行车已经风光不再，但车铃下地的心愿依然强烈，它满怀希望地说："认识会拆东西的人吗？"小黑铃儿："干吗？"车铃小怪："我想下地，能帮帮我吗？"小黑铃儿："帮不了，有万人恨管着咱呢！"车铃小怪："谁是'万人恨'？"小黑铃儿："铃儿卡子呀！"铃儿卡子半圆形倒扣于车铃固定卡之下，作用是与车铃固定卡一起，将车铃固定在车把上。这是它的职责同时也是约束自行车车铃的枷锁，现实的残酷让车铃小怪的心又凉了回去。

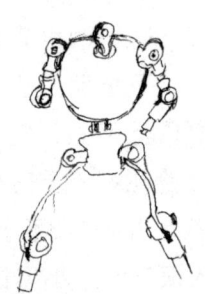

3. 不一样的惊蛰

自行车存车处门外停着几辆自卸式卡车,准备运送老旧和无人认领自行车。存车处进出口的门房上贴着清理告示,看样子已贴了一段时间。

存车处外侧的车架都已经腾空了,里侧靠东北角是残损破旧或无人认领区,看上去有七八个车架都用苫布盖着。

苫布下盖着约百十多辆被遗弃的旧自行车,一些成色较新、尚有使用价值的也都盖在下面,让人看着心疼。它们被遗弃的原因多种多样,笼统地归结于私家轿车的增加也有失公平。现在,大祸即将临头,它们却还在望眼欲穿地傻等着。车铃属于自行车零件悬挂于车把上用于开道,和其他零件比起来,它站得高看得远离人五官最近,如果车主勤快还会把它们擦得非常光亮。金属是有记忆的,车铃的记忆来自它的工作轨迹,往复的圆周运动使铃体上的磁粉有了记录功能，加上多年的言语"熏陶"让有些铃儿"自然进化"了，铃体上不仅带有车主的烙印，有的甚至是车主性格的翻版。

有人听过麻雀聊天，也有人见过麻雀开会，那些自诩"沾了人气儿有魂儿"的车铃，不管离得远近经常一起谈天说地。

"轰隆隆"远空传来雷声，一只喜鹊"喳喳"叫着落在了苫布上。苫布下光线昏暗，有个车铃发出声音说："落我车座子上了！"有其他声音附和着说："有好事！"前一个声音追问："什么好事？"附和的声音说："都这么说，喜鹊不是沾个'喜'字嘛！"前一个声音接着说："也打雷了呀！"附和的声音无奈地说道："那……那就是喜雷呗！"一个车体有些异样、铃体上略有斑驳的大单盖铃解释说："是干打雷，应该是惊蛰了！"旁边的一个生锈转铃借着固定卡的约束力向左带动车把，使自己略微转向大单盖铃，问它："惊蛰有什么讲究儿吗？"大单盖铃回答说："代表万物复苏啊！在我们那儿该伺候庄稼了。"生锈转铃："你车架子后边焊的什么呀？"大单盖铃解释道："带大筐用的架子！"生锈转铃："还挺聪明，听说你们那雾特大是吗？"大单盖铃："那边属于两河交汇，湿气大！"生锈转铃接着说："说大到能伸手不见五指、打着滚儿的，真这样吗？"大单盖铃："分地方！人少的地方可能大点。"生锈转铃："那你们不老得掉河里？"大单盖铃笑着说："通州好歹是平原！我反正没掉下去过！"这时，有不同方位的其他声音出来鸣不平："你瞪着眼往河里骑呀？人家社员聪明着呢！"生锈转铃："我又没问你！谁呀？"不同方位的地方学了一声羊叫："咩……"声音有些赖赖的。生锈转铃马上猜到："你是那破气筒子吧？你可真能斗气！"会学羊叫的铃："你管呢？最烦你这种地域歧视的了！"生锈转铃：

"你又活了是不是？"会学羊叫的铃："平时懒得理你！"大单盖铃出来和稀泥："在哪儿都活着，有些事社员自有高招！惊蛰代表希望，你们可以念叨念叨，许许愿！"

惊蛰是中国二十四节气中的第三个，传统的说法是越冬蛰伏的小动物在这一天开始复苏。生锈转铃："希望你早点回通县！"大单盖铃纠正说："现在改回通州了！我希望咱们的车主早点儿想起咱们！"会学羊叫的铃反驳说："你以为真忘了？成心的！"生锈转铃："你就是一个十足的杠爷！"一看俩人又要打嘴架，大单盖铃出来打圆场："有的聊就好！又掉不了一块肉！"生锈转铃笑骂兼有道："一看你就是圈傻了！我说前门楼子你说胯骨轴子，瞎打岔！"

这时，一个女性声音紧急插话进来："听！外边怎么了？什么最后5分钟？"

这是一句最后通牒，是站在门房外边告示下的工作人员发出的：再给最后5分钟，过时不候！话来得突然，让待在苫布下的车铃们立刻安静下来。不远处有声音说："附近有卡车，我闻见汽车汽油味了！""嗯？"大单盖铃有些紧张，平时积累在铃体上的微量磁粉悄悄地在铃体上呼扇了一下，表明它对"卡车"一词非常敏感但此时还能控制。它忙问："谁眼前有窟窿眼儿赶紧看看！"这些车有的放在专用停车架上，有的被胡乱堆在一起，大家朝向不同可见物也不同。生锈转铃："唉！谁能看见说一声！""我这儿能！"这是会学羊叫的铃说的，但看不到会学羊叫的铃在哪。生锈车铃急问："外边怎么了哥们儿？"会学羊叫的铃儿边数边说："外边有卡车……好多人……卡车门上好像有字……炼什么……厂。"生锈转铃脱口而出："炼钢厂！"大单盖铃紧张加剧："是这仨字吗？"会学羊叫的铃："像！但老有人过来过去挡着我!"大单盖铃显得比其他车铃更着急:"大哥你快点行吗?"会学羊叫的铃儿并非不急,只是外边确实有各种状况,在大家的一再催促下它终于看清了,说:"……是,就是炼钢厂!"大家再结合刚才听到的"最后通牒"马上意识到了灾难将来临。

刹那间,车铃们盖上的磁粉"呼"地一下不约而同立了起来,犹如人类的汗毛倒竖。车铃们本能地在车把上躁动起来,拼了命地扭动铃体想要挣脱固定卡的束缚。车堆里顿时"嗨、哈"声四起,小火星儿"啪啪"乱闪,同时伴有铺天盖地的责怪声:"说有好事的那个呢?""我们要求物尽其用!……忘恩负义……卸磨杀驴……"

另有一些声音也夹杂在其中:"哈哈,解脱也是一种希望!来吧……"生锈转铃就是这种声音的代表之一,它不但不怕反而有些兴奋:"不就石景山吗?当回家了!"有说听天由命的,还有说早去早托生的……

愿望和运气不知道哪个先到,想法和办法紧密相随。

火花无处不在,闪念遍地开花。"这儿有一个""那儿有一个"一过型的火花形如火星一闪即过,回沉型的闪念有时会爆个火花,但往往还没等漏勺船赶过来它又回沉入心了。漏勺船一路收集一路筛选,小有收获,当然有时也会应小垫圈的请求,在路边停下来看别人修东西。

漏勺船按航线应该在神州第一街路口左转,此时正值南北绿灯车辆直行,漏勺船驶入左转待转区等待信号转换。一条大船从它们身边疾驰而过,船头船尾挂满了拖网密帘,强大的尾流差点让两条船贴在一起。漏勺船上负责"看"的二垫圈埋怨道:"又超咱们！"负责记录的三孩子："追上它问问！"漏勺爸爸性格沉稳，慢悠悠地说道："慢有慢的好处，急有急的坏处！"漏勺妈妈也说："甭理它、臊着它。"这时，负责"听"的大垫圈忽然指着前边说："报告，听见有人祈求上天！"与此同时，一团火星斜向从宇宙台东门由里向外飞出，方向正是漏勺船上空。

　　负责看的"孩子"二垫圈惊讶地说："那儿，好久没这么大的轮着咱家了，看见了吗？"漏勺爸爸抄起漏勺站起身迎着火星团就是一勺，并且说："你给我下来吧你！"大垫圈欣喜地说："嘿！真是慢有慢的好处！"由于漏勺爸爸的漏勺孔眼偏大，火星团从它的漏勺孔眼中撞了一下改变了方向掉在了船尾，漏勺妈妈将火星拍散了一看，说道："怎么这么多呀？如果离得不远就过去看看！"漏勺爸爸顺着二垫圈手指的方向右转向北飞去，还没飞出多远就听漏勺妈妈提醒说："快转回来你逆行了！"漏勺船已经飞出100多米，船长向左急打方向升高进入了宇宙台。

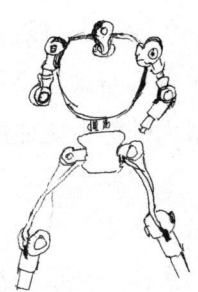

4. 绝处逢生

大单盖铃身上的"汗毛"比别人只多不少、控也控制不住。就在它惊慌失措之时，生锈转铃冲它喊："你的高招呢？横着使劲扭！横着！"大单盖铃听了如梦初醒，豁了命地在车把上扭动铃体，想凭蛮力把铃儿卡子扭断："嗨……嗯……"这时的铃儿卡子就是车铃嘴里的"万人恨"，宁弯不折！努力过了也无济于事，大单盖铃陷入了绝望："完了，这回完了！"求生的本能又让它把希望寄托在老天爷身上，祈求道："老天爷帮忙下场雨吧……啊不、显显灵吧！"大单盖铃已经慌得语无伦次了。

漏勺船来到车棚上空确定了位置，漏勺爸爸着急地站在船头说："你们谁下去看看？"又赶紧问漏勺妈妈："办法局发的应急小册子呢？"漏勺妈妈四下里找找又摸摸屁股下边，遗憾地说："可能漏出去了！"大垫圈说："问老三，它能背下来！"二垫

圈对形似小螃蟹的三垫圈说:"你是小的'天应地和',你应该去!"漏勺妈妈:"赶紧下去!"形似小螃蟹的三垫圈是几个兄弟中比较听话的,由于勤于动手又任劳任怨,深得"妈妈"信任。

小的"天应地和"也被称作"小神助"。所谓"天应",就是最先回应向天发出祈求的人。所谓"地和",就是有一些小的动手能力。具有这样能力的人具备想和做的双重能力,它随着祈求者的祈求而来,应对的是实现祈求的办法,它将在第一时间尽最大的努力犹如神助般地帮助祈求者。

就在大单盖铃感到绝望时,一个烟蒂长短的虚形白影飞进了苫布下边,落地时将翅膀内收代替脚足,落地后变成了一个抽象的实体小螃蟹。这时,苫布外传来一个声音:"时间到!掀苫布!"这声音简直就是"催命符",工人立刻进场把苫布拽向空地,车堆中间的自行车首先见了光,就在苫布无情地从车把上掠过时,天空中又响起了一串闷雷"轰隆隆……"

雷声中,一股神秘的力量,让大单盖铃和其他有魂铃体上都出现了程度不均的爆裂纹,同时伴有金属的撕裂声,那些聚集在铃体上的磁粉集中爆闪。刺眼的光芒犹如有人按下了闪光灯,让毫无戒备的工人赶忙手搭额头紧急回避"嚇……"

同时,苫布内传来几声"砰砰"的爆裂声,大单盖铃带着一身裂纹落地,瞬间变成了一只造型另类、体型壮硕的"大猩猩"。这猩猩膀大腰圆,变化来得突然,细看,螺丝连接了四肢,弹簧充当了腰腹,让人不可思议。自此,自行车绝路逢生,由各部零件脱胎换骨变成了自行车精灵!

大猩猩刚跑出几步又折返回来,对着生锈转铃说道:"兄弟,我来帮你!"生锈转铃坚决不用:"帮不了,快走!"大猩猩不顾劝阻抓着前轮车条和车身"噌噌"两下便上来了。只见它左手抓住车筐中腰、右手按住筐沿儿向上一撑迈腿进了车筐，以右手食指指尖顶入固定螺栓的十字凹槽，"啪"地向左一拧，没想到螺栓纹丝未动，而大猩猩的食指却因用力过猛，指肚朝向了大拇指，车把上的生锈转铃央求着："哥，我谢谢你了！不用啊……"虽然情况危急，但大猩猩依然不肯放弃，转回身又试图将左手拇指下的大鱼际卡入十字凹槽中，却遭到生锈转铃的"破口大骂"："我是选择回炉的！快滚！"眼见自己也快暴露了，大猩猩说了声："后会有期！"又觉用词欠妥，短促地"唉"了一声。

跑！往哪儿跑？明处还是暗处？正当大猩猩犹犹豫豫不知该往哪里跑时，就听见有个声音在喊："能下地的赶紧跑！"那个烟蒂大小的小螃蟹又以足为翅虚形飞了起来，从还没被掀开的苫布下低空为它引路。但苫布下环境非常复杂，大猩猩因食指"受伤"的拖累，它的敏捷性和速度都打了不少折扣，不时地还要躲避从其他车上掉落下来的大小零件，甚至差点被几粒钢珠滑倒。大猩猩跟着虚形小螃蟹一直跑、一直跑，这时远处出现一个亮光，到了跟前才发现亮光来自苫布边缘的一个损洞，那个为它引路的虚形小螃蟹也就此消失了。

损洞铜钱大小离地约有 2 寸，它没有马上出去而是借着那个小洞向外观察，发现几米外停着一排移动转播车，也看到一间房门上挂有"传送部停车场"的牌子，安全起见，大猩猩自己出去前还将透光小洞扩大了一些，确认安全后飞也似地跑向转播车下。

"轰隆隆"的神秘力量无形地向外扩散，让清理区域外的少量在用车也"受损"不小，许多车的链子掉了、闸线崩了，单腿儿车支子无缘无故地失去了支撑力。与此同时，一股余波沿着存车处出入口直接外散出去，只可惜受门房建筑物的影响，这余波既没波及台阶下，也没让黑色小单盖铃沾上光，全部顺着东台阶的坡度进到玻璃门里边去了……

　　余悸未消的大猩猩一钻进车下赶紧藏在了轮胎后边。它的另类造型主要表现在四肢的连接方式上：充当腰腹的弹簧穿进螺丝再连接两端。此刻，它腰腹弹簧的中后部还在急促地起伏着，证明了它刚才有过的紧张，弹簧很普通，却能反映它的情绪和内心活动。它把右肩抵靠在轮胎上，一边观察一边用左手修复刚才变形的右手食指，一番掰扯之后食指终于复原，右手的抓握能力也恢复如初了，它试着将右手伸向"喘息"未定的腰间弹簧，想着用手掐住几节会改变喘息频率。稍稍平静后，大猩猩开始望向四周，在前后左右都看过之后，它竟发现自己是头一个脱险的："嗯？怎么会就我一个呢？"正想着，又有两个精灵从透光小洞口跑出，一出来就要各奔东西。大猩猩连忙喊道："这边，往车下跑！"一出来也想往车下跑的同样是猩猩造型，个头要比大猩猩小许多；要变向的是个小狗造型，听见招呼后又以弧线形向车下跑，弓弦弓背略有差距。

　　后进来的两个精灵，完全被大猩猩的魁梧身材震慑住了，当看到大猩猩头顶中间的车铃标牌帽依然还在时，小狗精灵不由地赞叹起来："大哥好威风！"脱险后的大猩猩心情不错，也很谦虚："你也还行！"小狗精灵的尾巴是一截气门芯，这会儿它摇晃着尾巴问："那句'能下地的赶紧跑'是您说的？"大猩猩愣了一下，脑子里突然闪出那个结构简单的三连片小垫圈。大猩猩没有正面回答，而是问："你们都听见了？"小许多的猩猩是个女生："听见了！所以才往外跑！"小狗精灵："当时懵了，不知往哪儿跑，认您个大哥吧！以后有什么急难险重就指望您了！"

大猩猩一阵窃喜，暗中以自己肩膀的高度比对两个同类的体态：从身量上看小狗精灵瘦小枯干比自己差着一大截，小一些的猩猩与自己迥然不同，脸型以外的四肢区别很大，自己的四肢是由大单盖铃变形而成，而小猩猩的却是4个变形的前曲拐，肩、臂、手、足贯通一气没有单独的指头。从目前看，后边还有没有强于自己的还很难说，初步判定自己应该强于这俩，至于那句"赶紧跑"是谁说的自己也不确定，只能说老天爷没白求，当务之急应该以脱险最为重要。

可既然人家说了要跟着咱，咱也不能说自己不行，干脆留个活话："以后再说！我叫大铲，绰号'铁摩托'！"小狗精灵会意地一点头："我叫守业，七里庄鞋垫厂的！"小一些的猩猩听了低头一笑没有作声，自称大铲的大猩猩也想笑但它忍住了，它发现守业的舌头不仅偏长而且还歪着，确实有点像鞋垫。

"我叫美人蕉，一种花的名字。"小一些的猩猩自报家门，从名字看确实像个女性。这时，守业轻声问大铲："铲哥，咱现在是走啊还是再等等？"大铲回答说："当然是等等啦！想挪地儿等晚上！"守业瞥了一眼天空又看看车外，说道："您是怕白天目标大吧？"大铲把脸一沉："就不能等等其他人吗？这么多车不可能就咱仨吧？"美人蕉："铲哥说得对！哎，铲哥，咱们应该算什么呢？"大铲斩钉截铁地说："砰砰炸呀！我们不是打雷炸出来的吗？"联想到刚才的雷声与铃体爆裂的交织声，美人蕉首先认可："声情并茂！确实如此！"守业也认为非常形象："铲哥聪明！"3个精灵一致通过。

这时，透光小洞下的苫布边缘被从里向外顶起，慢动作看：

一个与铃盖儿大小同圆的小轮胎露了出来，接下来出现的是车把和车架，但这个车把却异乎寻常。它不是我们常见的车把而是一个羊头，羊头替代了车把！正要全身而出时意外却发生了，它的后半身不知被什么刮住了，怎么也出不来，急得它声嘶力竭地不住大叫："咩……"叫声撕心裂肺，车下的3个精灵心头一震，大铲腰间弹簧不由得动了一下，守业赶紧向里藏了藏："瘆得慌！"美人蕉探出脑袋想看个究竟："是不是会学羊叫的那个呀？"此刻，守业偷眼看大铲，当大铲也看它时它又把目光转向了美人蕉，大铲腰腹弹簧的后三分之一处明显地向内收紧了一下，类似我们说的心里紧了一下。它在想：偷看我？什么意思？"咩……"羊头自行车还在哀叫。

女猩猩美人蕉有点儿听不下去了，抬起前臂说："心都碎了！我去看看……"大铲腰腹弹簧向前一顶，它也跟着跨步走了出来："等等，我可能比你更合适！"守业："还是再喊一次'能下地的赶紧跑'吧！"大铲嘴里说："不用，社员自有高招！"心说：还能让一个小狗子看扁了！大铲四下观察了一下，见左右无人便快速跑到羊头车跟前，看见一个铃把儿状的东西从自己好心扩大过的透光洞里露出来，忙问："这铃把儿怎么了？"羊头车焦急地说："那是我的车座子，刮上了！"大铲默念"社员自有高招"，跟着一把掀起苫布钻了进去。

苫布下有些昏暗，不远处就是忙着搬运自行车的工人。大铲一进来便被羊头车的后轮惊呆了："怎么会这样！"羊头车的后轮居然是两条管状羊腿，更令人叫绝的是它两腿间还夹着一个可以滑行的小轮子，是真真正正的自行车！大铲对羊头车前轮上的挡泥板儿观之不爽，心想：怎么"万人恨"也往身上搁呀？讨厌！虽然憎恶但大铲倒还记得此行的目的，赶紧伸手把车座子向后拽并轻声说着:"放松!放松!"一边帮羊头车解脱一边观察四周情况,看到不少掉落在地的零件,它们一动不动任凭工人踩踏。看到这个场景,大铲既心酸又疑惑:能下地怎么不跑呢?它想过去扒拉、扒拉,但衡量再三还是决定先把眼前这个救出去再说,于是,伸左手撩苫布,起右手去推羊头车的车座子:"跟着我!"羊头车后蹄一蹬小轮自行放下滑行。也许是刚刚成型还来不及掌握平衡要领,它这一蹬收腿后前轮就开始跑偏,"蛇行"不到2米前轮向内一扣便摔倒了:"咩……"大铲赶忙上前将它扶起,在清理现场发出的嘈杂声中拉着它跑回转播车下。

清理和拆除几乎同时进行,现场一片喧嚣,停车架、门房、小卖部、存车处的石棉瓦顶棚一一被拆下装车。搬运途中的自行车不时有零件掉落,钢珠、链条、车支子、脚蹬子,以及铃体上已有了裂纹的大小车铃,它们都被工人集中到了一起。有些成色较新的车被工人"有意的"推向后边的空车,但愿这些车能经过这个"途径"重获新生!

转播车下,大铲上下打量着羊头车,看到它的车铃标牌帽也没了,本想讨伐一下铃卡子,但话到嘴边又改口了:"要是没那个就好了!"美人蕉羡慕地说:"车中美男子,够帅!"守业:"叫什么呀?"羊头车一点头:"二八大杠,刚才谢谢了!"大铲先客气了一下:"应该的。"随后问道:"你后边还有吗?"叫大杠的羊头车:"当时慌了,有一个好像往我身后跑了!"听说后边还有,大铲马上接话说:"刚才我在地上看见好多零件,它们能下地为什么不跑呢?"美人蕉也说:"是不是正在往一块聚的时候被人弄散了?"大杠:"我哪知道啊!"守业:"多吗?"大铲:"不少!有草帽那么大一堆儿吧!"大杠:"我也看见有人用脚踢但我无能为力！"大铲："那我再去一趟，争取把能出来的都带出来！"守业："大哥还是择着来吧！"大铲听出了这句话的深层意思：别弄回个比你还厉害的！综合判断了一下大铲认为守业还是关心自己的，于是说："一起去！"守业向后退了一步："我不行，别回头再让人家逮住！"大铲凝视守业，心想：这位有点乌鸦嘴！美人蕉："我去！"大铲暗中佩服美人蕉的胆量，提醒说："好不容易出来的哟？"美人蕉："你也是啊！我们小心一点儿就是了！"大铲听了认为有理："这个建议好，凡事应该以预防为主！我提议：为了安全起见，以后咱们应该互相提醒。"说完把右手腕立起然后下切一次道："谨慎！"其他精灵都以点头的方式回应："小心！"谨慎小心永远不会过时，粗心大意有时会导致意想不到的损失，两个刚刚死里逃生的精灵能再返回现场确实需要勇气和智慧。

　　东台阶北侧绿篱外边，三垫圈伏在地上大口喘着粗气，前来接它的漏勺船最低高度是5米降不到地面，而刚才的施救几乎耗尽三垫圈的全部精力，它已经飞不上空气船了。二垫圈嚷着："亏了！"漏勺爸爸和漏勺妈妈下到地面想把孩子拉上去，一看孩子喘成这样又不忍心生拉硬拽，漏勺爸爸心疼地问："累坏了吧？"说着，把目光转向漏勺妈妈，"怎么办？"漏勺妈妈："先在这儿待一天，明天再来接它。"小垫圈有气无力地抬起一侧垫圈示意爸妈明天再见。

　　大铲和美人蕉刚刚进到苦布下，就赶上了工人拉扯第二块苦布。听到有工人说：把地上这些散件一起送往炼钢厂！大铲有些害怕："我觉得可以哆嗦一下！"为了安全起见只能跟着苦布拉扯的方向随机而动，必要时还要做出双手护头或托举苫布的动作，以免被叠卷的苫布裹挟进去。大铲始终将美人蕉保护在身后，其责可见其形狼狈。最终，两个精灵被苫布夹带到了小卖部后身儿的一个角落。

一层苫布两重天，当两个精灵从层层叠叠的苫布中挣扎出来时，美人蕉有了如下发现：大铲身上、脸上的锈蚀斑点几乎消失不见："你比刚才干净了！"大铲："我们都被苫布抛光了！"由于激动，它俩说话的声音有点大，无意中引出了另一个声音："上边是谁呀？"那个声音听着遥远又仿佛近在身边。

美人蕉："你是谁呀？在哪儿呢？"对方加大音量："苫布下面！我让苫布捂在里面了！"美人蕉："像个女的！"大铲："我来！"两个精灵你拉我扯合力翻卷苫布边。一通盲翻过后，大铲忽然感到手上有了东西："有了！"抽出手来一看"啊！"原来是个铃卡子。

在大铲看来，摸到铃卡子就如同人类突然摸到了蛇一样，吓得它抬手就把铃卡子甩了出去："我觉得还得哆嗦一下，吓死我了！"无奈，大铲找来一个单腿车支子代替手刨，最终从里边扒出了一个与羊头车形式类似的自行车精灵。和羊头车一比，它俩的区别就在于：这个精灵长着一个马脑袋，前边是车轮后边是马蹄，没有大梁，形似女车，一开口果然是女士的声音："谢谢你们，我以为快要被人抓住了！"美人蕉："抓住了没准儿还能摆屋里呢！"大铲："别做梦了，抓住是要被化铁水儿的！"马脑袋精灵："我们以后怎么办？"

小卖部后身儿距离转播车很近，它们可以轻易地跑回去，除了躲藏还可以再等等同类，大铲谨慎地四下观察，发现眼下还不能根据这儿的形势做出走或留的判断，但生存安全，应该是精灵

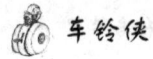

们共同考虑的问题。观察了一番之后,大铲说:"我也不知道,先看看,看看再说……"

　　台阶外,小黑铃儿和其他车都被当作在用车,与车棚内的在用车一起被临时安置到了附近的食堂停车场。

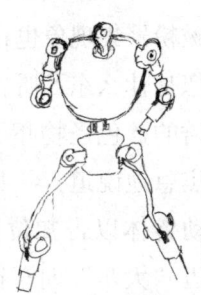

5. 柳暗花明

  台阶下，车铃小怪既为躲过劫难庆幸，又为无力回天而叹息。一只鸳鸯眼的白猫，由北向南从台阶外的马路上走过。

  一阵轻风从台阶下穿过，有几片干树叶随风刮进了车铃的"视线"，停在了竹篱笆跟前，其中包括一片较大的法国泡桐叶子。叶子背朝车铃，叶柄冲下有些卷边儿，这种情况司空见惯，车铃小怪对此毫无兴趣，可接下来发生的却让车铃小怪起了疑心：叶子停留了片刻，忽然自行移开了，露出一个蓝色的"人形"怪物的背部！蓝色怪物浓眉大眼"体格"强壮，"风"字脸形四肢齐全，高约20厘米，浑身上下都有盒尺的特征。此时，正侧着身隔着篱笆向右边看。它左手揽着贴近臀部的"大"挎包，右手把移开的叶子举到了"脸"的左侧挡阳光，挎包鼓鼓囊囊，大小如半个扑克牌包装盒。

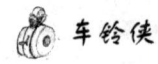车铃侠

　　车铃小怪想喊又没喊出来，心里说：我要是能这样该多好啊！而更令它想不到的是，怪物不仅手脚齐全而且四肢和脖子还能随意延长，即可以把脖子伸出1尺左顾右盼，也可以隔着篱笆把头伸进1米多远的绿篱，如果"视线"受阻，还能把树叶放下，将手伸出去扩大视线范围。

　　自行车大多"住"在室外，一般来说都有些胆量。但今天，磁粉聚集现象也在车铃小怪身上出现了，它忍不住问道："劳驾，您是什么东西呀？"由于问得太过突然，把正在聚精会神自言自语的蓝色怪物吓了一跳，赶紧把头收了回来："谁？"车铃小怪焦急地说道："我……车铃……您往车把上看……"说完用力晃动铃体以告知位置。蓝色怪物"哦"了一声将腿延长1尺多，迈"大步"向车铃小怪身后走去。"别走啊！"眼见"怪物"从自己身边向后走去，车铃小怪有点急了。

　　蓝色怪物并未走，而是利用车铃小怪不能回头的"缺点"，站在了它"身后"的车座子前边，由于注意力都在车铃小怪身上，并未留意车座子上有个叠在一起的实体三连片小垫圈。

　　端详了一番车铃小怪后，"怪物"走到车把边上把头伸向车铃小怪前边悄悄说道："没走！也看看你是什么东西！"有手有脚的怪物突然来到眼前可把车铃小怪高兴坏了："我是一个车铃，您呢？"蓝色怪物："我？盒尺精灵！"

　　"精灵！"车铃小怪的铃体微微向上窜了一点儿，它头一次听到这个称呼。

　　盒尺精灵："啊！有什么奇怪的，你不也是吗？"听说自己也是精灵，车铃小怪非常激动："我也是？"盒尺精灵很肯定地道："你是自行车精灵！你有思维能说话，而且普通话说得还不错！"车铃小怪："会说普通话就是？"盒尺精灵："那倒不是，

只是普通话更便于交流。"车铃小怪:"您是怎么来的呀?"其实车铃小怪想问你是怎么变成这样的,而盒尺精灵却答非所问:"走着来的!"车铃小怪越急越说不清:"我想说……咱俩怎不一样啊?"盒尺精灵:"你是单一体我是混合体!"混合体可以有四肢!车铃忙不迭地问道:"怎么混呀?"盒尺精灵:"用秘方!我们有秘方!"车铃小怪以为见到了救星:"您能把我混了吗?"盒尺精灵先说了句:"把你混喽?"迟疑了几秒以后又说,"这我还真没想过!"车铃小怪想起了最重要的,问道:"拆东西您会吗?"盒尺精灵:"会呀,我是道具科出来的。"

车铃小怪也许不知道,一说是"道具科出来的"就意味着有不错的动手能力,水平相当于一个不错的零件钳工。

车铃小怪:"那掰车铃呢?"盒尺精灵不假思索地说:"更会了!"

掰车铃?这可好多年没人干了,这是20世纪七八十年代小孩子们的恶作剧,看见谁家车铃新、声音脆,就想"据为己有"。盒尺精灵向左右瞧瞧:"招我犯错误是吗?你是光要一铃盖,还是要整个的?"感情这位还是一个有着丰富经验的"过来人"。车铃小怪:"整个儿的!我想下地,您能帮帮我吗?"下地对车铃小怪来说是天大的难事,曾经逢"人"就说见"人"就问,不知眼前这个精灵能否帮到自己。没想到的是盒尺精灵非常爽快地答应了:"能啊!太简单了!"

一说简单,倒让车铃小怪不安了:因为比铃卡子还难对付的是那两条固定螺丝,那可是除了人类谁也拧不动的,它的手……可是薄如纸片啊!它担心地问:"您拿什么拧螺丝啊?"盒尺精灵放下树叶摘下挎包,连螺丝的凹槽形状都没看,就底气十足地说:"手啊!别说你了,整车都能给你拆喽!"

盒尺精灵在车铃小怪这辆车倚靠的那张桌子的抽屉里翻找出了半根锯条，把车铃小怪吓了一跳："您要锯我？"盒尺精灵笑道："锯你干吗呀，你这两个螺丝还有用呢！给我看着点人啊。"这个固定车铃的螺丝凹槽是十字的，与刚才大铲拆生锈转铃遇到的凹槽相同，但"两人"选择的处理方法却有差异：一个使用蛮力，一个使用工具。盒尺精灵先用锯齿将凹槽扩成"一"字，再用锯条的背面拧螺丝。螺丝"咔咔"的一圈一圈往后退，车铃小怪的心一下一下往上提，第一个螺丝落地时，铃体小怪不由自主地"跟跄"了一下，盒尺精灵："别急！""当啷"，当第二个螺丝和铃卡子掉落时，盒尺精灵想把车铃小怪抱下来，没想到车铃小怪早已迫不及待，不等盒尺精灵抓稳就"叽里咕噜"自行落地了。

　　盒尺精灵先将地上的两个螺丝放进挎包，然后再将身上聚集了许多磁粉的车铃小怪扶了起来，本想以铃体下边的螺丝孔为"脚"让它"站"起来，哪知地又不平松手即倒。它问车铃小怪："你怎么站不住啊？"说完，又看了看车铃小怪的紧固卡，看过之后得出结论："你头重脚轻！这要是在非洲……狮子早瞄上你了！"车铃小怪的歪用想象又来了："瞄我干吗呀？"盒尺精灵大声地说："吃你呀！"车铃小怪："狮子会追着吃一个车铃？"盒尺精灵气得扒拉了一下车铃小怪的铃脚，说："我是说你要是食草动物生下来就得会跑！跑慢了就让狮子吃了！"车铃小怪："那动物它妈妈怎么不扶着它走啊？"

　　车铃小怪的话让伏在车座子上休息的小垫圈站了起来，走到车座子边缘向下看。

　　车铃小怪的话同样也把盒尺精灵气得"半死"，想了一下又似乎明白了它的用意："你是不是想让我扶着你呀？"车铃小怪毫不掩饰地回答："是啊！"盒尺精灵眉头皱起："我不是不想，你身上没有可拽的地方我又抱不动，我但凡有点办法都把你带走了，真的！"

车铃小怪心想：下地的愿望已经实现，不应再给人家添麻烦，况且到现在，连声谢谢还没说。于是，车铃小怪对盒尺精灵说："我已经很知足了，还没谢谢您呢，谢谢您啦！"盒尺精灵听后心又软了："这样吧，你试试，如果能站起来我就扶着你！"车铃小怪歪躺着根本不会用力，别说起来了，就是自己认为动了别人也看不出来，盒尺精灵失望地说："你这样不行，我住的地方不好走，没法带着你……"说着，双手将它的铃脚掀成了脚朝上的身位，看着它的脚说："你这脚和身子不协调，这要一步一步地挪……我连家都甭回了……"说完，一松手把车铃小怪放下了。由于放的时候动作多少有些随意，使铃体无意中产生了几下自由波动。

随后，盒尺精灵像人类抱石球那样，费力地把车铃挪到了链套底下，蹲在地上说："我总不能抱着你走吧？先扔这儿，省得让拆车棚的捡走。"也许是盒尺精灵在搬动过程中碰到了脚蹬子，"捡走"二字还未说完，脚蹬子突然"哗"的一声后倒转了一下，听到声响，盒尺精灵一个前扑趴在了地上，待脚蹬子不动了才把身子倒坐回来："差点砸着后脑勺儿！"盒尺精灵站起身对车铃小怪说，"我这人……捡不走就算丢！你先在这儿适应着，等我忙完这阵再来找你！"车铃小怪："最好把我混合喽！"盒尺精灵哼笑了几声没说话，又回到篱笆下面继续向外张望。

倒在地上的车铃小怪在感念盒尺精灵大恩的同时也没放弃努力：我不能躺在这儿，我还想有手有脚有翅膀哪。车铃小怪猛然想起刚才盒尺精灵放下自己时铃体产生的波动："这不是鲤鱼打挺嘛！"车铃小怪好像从中悟出了属于自己的站立方法，它将铃

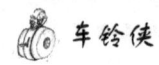

体往复悠荡使铃脚上扬,在起起落落之间寻找灵感"一二三……"由于铃脚是纵向的,车铃小怪只能借助铃盖平跃横起。

也许是初学乍练不得要领,想着这次一定成功结果又是一次失败:"再来!我就不信!"偏大的声音引起了盒尺精灵和小垫圈的注意,盒尺精灵扭回头问:"你干吗呢?"车铃小怪:"练习站起来!"盒尺精灵把身子往台阶下挪了挪,劝告车铃小怪说:"起来干吗呀!外边拆得正欢哪!"车铃小怪:"我想有手有脚有翅膀!"盒尺精灵:"你还想飞呀?"

"终于等你说出你要干什么了!"不等盒尺精灵话音落地,小垫圈以虚形白影方式一头撞进了车铃小怪铃体。原本它对刚才盒尺精灵和车铃小怪间的谈话并无兴趣,认为仅以自由为目的的下地没有什么意义,直到车铃小怪说出异于常人的"有手有脚有翅膀",它才决定帮车铃完成这个愿望。

小垫圈的进入,让车铃小怪感到铃体仿佛被一股神秘力量撞了一下,使铃脚瞬间扬到了可以达到的最高点,只见铃脚下落铃体翻起,"粘了一身"磁粉的车铃小怪居然"双脚"着地了。但初次着地状态极其不稳,就在它踉踉跄跄又要摔倒的时候,盒尺精灵及时伸出长手把它挡了一下,被挡住的车铃小怪向后仰去,就着两脚朝天的悠扬劲儿一个打挺又站了起来,站起来的车铃小怪身上已是干干净净。盒尺精灵:"垫一步!"车铃小怪在左摇右晃之间向前跳了一步终于站稳,随即以前脚为轴做了一个后撤步,把"脸"朝向盒尺精灵:"谢谢!"盒尺精灵惊讶于车铃小怪进步之快赶紧走了过来:"怎么起来的?"车铃小怪:"就一个鲤鱼打挺!"盒尺精灵脑子里浮现出一个红色小折叠椅形象,它马上有了新的主意:"下地以后有事吗?"车铃小怪:"没有!"盒尺精灵:"没有就跟我走吧,我那儿正招人呢!"车铃小怪:"招人？"盒尺精灵："啊！我是精灵频道的，正在招道具和演员，贵姓？"车铃小怪："免贵车铃小怪！"盒尺精灵吃惊而又神秘地说道："小怪？这可是天意了！你知道我叫什么吗？我叫盒尺老妖的拿！"

　　盒尺精灵说自己以前是道具科的一个量具，使用人王师傅是自己的偶像，人送外号王大拿，师傅不仅手艺高超而且执行任务能力也强，是个图纸一摆无所不能的双高型技术人员，无论什么类型的景具、道具都能完成，自己在这方面除了有所继承还无师自通地有所发挥，师傅是有图即可，自己是眼逮也行。置景道具外包后，王师傅念着自己跟随多年且有在册身份，便将自己送到细料库房当客串道具。闲暇期间被一个叫鸿鹄的导演发现，交谈中不仅得知自己性格好而且动手能力超强，是它踏破铁鞋都难觅的理想之人。这个导演在的拿答应无条件帮忙和约定奖惩办法后，便使用"独创"的混合秘方助其脱胎"成人"，名字沿用了师傅的"大拿"外号，但把"大"字的发音念成了"的"。我们有时形容物品较大时，有说：特别大个的，也有说：特别"的个儿"的！的拿即大拿官称的主任。目前担任精灵频道筹备处和一加二工作室的主任，同时担任鸿鹄工作室名下看会社的常务社长，协助鸿鹄做一些与节目有关的准备工作。

　　"怎么样？去吧！到时候给你开劳务！"的拿给车铃小怪许以劳动报酬，车铃小怪拒绝了："要什么劳务啊，谢您还来不及呢！"的拿："一点黄油而已，该拿就拿！"的拿提示车铃小怪："你可以把没有铃把的那边当前脚，站不稳就垫一步。"在它的帮助下，车铃小怪又依次学会了横便步、横跨步、夸张横跨步、撤步，还把握十足地用了麻雀跳步。有了移动能力，车铃小怪很想到台阶外看看，但被的拿叫住了，告知它要将它带往一个位于地下室、

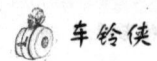

公开标注为道具 2 号库的地方。

经过多年的等待,自行车精灵终于看到了希望。这个希望是大家的,除了自行车精灵也包括盒尺精灵和小垫圈。在小垫圈看来,等待不是苟且偷生而是应该更好地完成梦想,这也是它决定成为车铃思维一部分的原因,未来,它俩将同呼吸共命运。

第二章　都不省油
Chapter Two

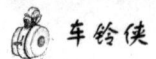

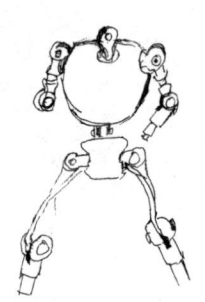

1. 不一样的世界

的拿指着台阶下的一扇窗户说:"想不到吧?我是从这上来的!"

的拿说的窗户,就在车铃小怪那辆车的左后方2米处。窗户有半扇是打开的,外面安有金属护栏,里面是备用设备存放地。地下室地面离窗台约有1米多高,的拿先行下去站在底下:"测测你的弹跳力,敢下来吗?"车铃小怪常年待在车把上并不恐高,"迈"过护栏底边向下看了看:"敢!"地下室有很大一部分是设备层,集中了绝大部分的备用物资,仅用于通风换气的大型风机就有十几台。车铃小怪确认过高度后两只脚试着向下压了压,并感觉到了下压后产生的弹力。"跳!"落地时金属的弹性让它站立不稳,险些撞到设备上。的拿又紧接着问:"还能上去吗?"车铃试了几次都没超过10厘米。备件仓库是一个相对封闭的单独区域，栏杆上挂着一些禁止非公人员进入的红色警示牌。

备件仓库北向南有 20 多米，光线明暗交替，经过东向西右转进入了没有光线的主楼下边。黑暗中难免磕磕碰碰，忽听"啪"的一声，好像有东西打在车铃小怪身上，车铃小怪："什么呀？"的拿伸手摸了摸说："一个大螺丝帽！这要打我腿上，非折了不可！"车铃小怪："咋不开灯啊？"

宇宙台建于 20 世纪 80 年代还没有声控照明设备。的拿边走边说："这儿咱管不了！哎，你这小 10 年……靠什么打发时间哪？"车铃小怪："听！我可会瞎联系了，我能把张三的前言和李四的后语混为一谈！"的拿："那跟我走就更对了！咱要去的地方，可以说是听觉艺术的天堂！瞧着点脚底下啊！"车铃小怪："这么高级？是音乐厅吗？"的拿："排演场！我们鸿导有一台节目要在那儿排练和公演！"的拿在刚才自我介绍时提起过鸿导，所以车铃小怪知道它，车铃小怪不无羡慕地说："就是摸索出你们混合秘方的那个人？"的拿："对！它现在已经当导演了！"车铃小怪："怎么当的？"的拿："自学成才，比你还神！"车铃小怪停下不走了，道："你也说我神？"的拿："神的不一样！你是听得多它是看得多，你听完了对不上，它看完了能联想！"车铃小怪："我也能想啊！"的拿："想和想可不一样，拿我来说吧，我还没想出一，它就想出二来了！"车铃小怪："还是二厉害！"

车铃小怪跟着的拿来到保障区与栏杆交界处，栏杆外是公共通道，灯光彻夜不息。对于车铃小怪来说，地下室是个神秘而全新的地方，自己难有机会踏足，面对纵横交错的机械管道不禁有些好奇："这都是哪儿啊？"的拿："动力部门！人类的吃喝拉撒、水电通风全都从这儿进出！"车铃小怪走出栏杆想看看左边都有什么，的拿警告说："别瞎走啊，这底下可乱着呢！"地下室岔路较多，地貌都类似，稍不留意就会转向。昏暗的屋顶上布满了通往四面八方的各种管道：给水的、消防的、中性的、污水的、通风的颜色各异，供电的线路更是盘根错节、粗细有别，的拿特意提示车铃小怪要知道躲避裸露的电线。为了方便检修这些管线都没有做隐蔽处理，而是直接裸露在屋顶上，只有到了一层才会"隐"入天花板。

两人顺着一个大斜坡向上走了大约10米，从一个朝西开的铁栅栏门底下钻了过去。铁栅栏迎面是库房的铁质库门，门上写着2号字样。库门左边是短墙、右边是1米多宽的过道。的拿大拇指向右一指："咱这边。"右边过道有6米多长，尽头是一个没上锁的简易木门。车铃小怪刚刚下地看见什么还都新鲜，越是没看见的越要问："1号库是干吗的？"的拿随意地指了一下简易木门："存好东西的细库，有棚有顶儿！"车铃："那2号库呢？"的拿："比好东西还好的东西！不过现在两个合并了！"一想到自己属于好东西，车铃小怪非常惬意。

过道右侧有些微风，是从简易门前、迎面墙下边的一个半尺见方的铁箅子里刮出来的，只见的拿伸手推开铁箅子左下角，对里边说："开下灯！"只听"啪"地一声库房里的灯亮了。

库房有百余平方米，南北较长东西稍窄，四面墙都有货架。货架之间的夹角和中间，堆放着一些看上去已经过时，但又不知道哪天还能用上的元老级实物道具：比如单人和双人沙发、墩布、单只雨靴、木制的碾子和磨盘。也有许多二合一合并过来的其他道具：比如写着赤脚医生字样的医药箱、老式的人造革手提包、可以点亮的老台灯。

刚一进来，就听的拿向左斜上方说了句："谢谢啊！"也听见有声音回答说："应该的！"车铃小怪刚想看看回答的"人"

第二章　都不省油

在哪儿,一个叉着"腿"的不锈钢提示牌上来问道:"哪儿的?"见的拿跟着便横向跨了两步,"立正,主任好!"与的拿打过招呼后重新又站了回去。提示牌可折叠,绰号"蹲门雕",顶端有轴销下端可以"叉"开,"身"体两侧都写着:禁止停车!它是的拿从1号大型演播室后门"抄"来的,有人叫它牌哥,也有人叫它老牌,还有人叫它老牌儿特务。双人沙发面向库门正对着铁笼子,一个"眼睛"不大、半躺在沙发上的铜锣,看见车铃小怪的蹦跳行走方式后,把"头顶"上的提绳向后一甩,"前蹬后蹭"地从沙发的远端B扶手滚过来追着看车铃小怪:"嘿!这位属家雀的吧?"车铃小怪一边扫视库房一边回答:"像吗?"铜锣趴在沙发近端A扶手上说道:"像!特别像!"铜锣问的拿:"这算立功吗?"的拿摆手示意不算。另一个原本四"脚"着地、待在道具磨盘边上的黑色大折叠椅子,看见的拿和车铃小怪赶忙收起两个后脚"嗯"的一下站了起来,问的拿:"几个呀?"的拿伸了一个手指:"一个!"黑色大折叠椅先说了句:"真好……"看了看车铃小怪的走路姿势,又接着说:"这姿势够难拿的,"车铃小怪:"走着舒服!"大椅子:"您这叫输人不输姿势,当我夸你了,往里去!"说着用两只后脚走到一个小跑驴道具前"噗"地一下,又把座子放下了,对的拿说:"坐!"的拿说声谢谢将大挎包移至身前,延长双腿坐了上去,左脚搭右脚把车铃小怪介绍给了那个小跑驴:"刚捡一车铃!"

　　小跑驴工艺传统、造型经典,凝聚了老一辈人的聪明和智慧。根据表演要求,这种道具不需要装配四肢,胸、腹、臀,以及以下用一块带穗子的红布围挡起来,表演时由表演者穿跨在腰上,以人腿代替四肢非常写意。小跑驴的脖子非常灵活,看到车铃小怪后亲切"夸奖"的拿:"发现您这'捡'字用得真好……"的

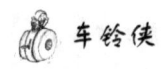 车铃侠

拿笑着:"怎么好了?"小跑驴:"褒贬难分!"

的拿为了加快完成筹备任务,经常将一些认为用得上的"剩余"物资带回这里。它打包票说:"放心吧,不该捡的我绝对不捡!"贴靠在沙发近端A扶手上的铜锣暗有所指:"有人比你还会捡!"的拿不相信:"有吗?"大椅子浑身上下一身黑,不能低头或抬头,它抢着回答说:"它胡说八道!这方圆两公里还有的捡吗?比主任还会捡的还没生哪!"的拿认为它言过其实,回过头辩解说:"两公里太邪乎了吧?我就是眼勤手勤能拆会捡!"大椅子附和说:"捡的还都是没人要的!"

车铃小怪原本是以好东西的心情进来的,也很喜欢这种诙谐的气氛,但一听自己是按废物捡来的,心里有点不高兴。把铃体稍稍向右挪了挪,说:"不爱听!"的拿安抚车铃小怪说:"咱是按道具招的,有劳保、有劳务!"铜锣向后一甩提绳:"属家雀的!小心主任把你忽悠瘸喽!"大椅子:"抽它!"的拿捡起一粒黄豆大小的石子扔向铜锣:"知道什么呀你?我要不捡它就回炉了!"大椅子:"那命可是够大的,有福之人!"的拿:"它可不简单!一听要来这儿,马上就学会了鲤鱼打挺!哎,给它们露一手证明一下咱们!"

为了证明自己不是废物,车铃小怪毫不犹豫地答应了,而且还站到了认为是大椅子视线最好的地方。躺倒,翻身,站稳,最后以一个漂亮的错步亮相结束了动作,得到了大椅子的"夸赞":"有两下子!那就……让它教教那小的呗!"的拿:"待会儿!"说完,将小跑驴道具和大椅子介绍给了车铃小怪:"这是跑姐、那是椅子叔,跑姐是咱2号库的……主管!"小跑驴谦虚地说:"别听它的,都是闲人谁管谁呀,叫什么呀?"车铃小怪:"车铃小怪!"小跑驴:"小怪?小怪应该是前缀吧?铜锣还叫大迷糊呢,

起个名吧！"大椅子："小一！"小跑驴："怎么讲？"大椅子："一步三回头啊！"它指的是车铃的走路姿势。小跑驴："怎么能拿缺陷当名字呢？听我的，下地就是生日，叫蛋糕吧！车铃小怪铁蛋糕！"

在中国，精灵是没有明确纪念日的，民间就把惊蛰这天当作精灵的生日，它既是小动物的复苏日也是精灵的纪念日。

大椅子问的拿："你们俩：老对小、妖对怪？"的拿侧身曲臂反手弹出两指，扭回脖子小声说："我还会概搂呢！"大椅子："对……哎，它蹦高儿怎么样啊？"的拿收回脖子恢复音量："比你们差远了！"大椅子："扮相呢？"的拿："还没看！"大椅子："看看呗！"的拿从沙发上捏来一块手帕对折成三角，然后兜头系在了车铃小怪"脖子"下边："别动！让它们看看扮相！"车铃小怪的形象瞬间发生了改变，一个戴了头巾、"脸"蛋子有些偏胖的车铃甚是招人喜爱。大椅子："像偷地雷的！"小跑驴："让我看看，哪像啊？长得多周正啊！"没想到车铃小怪更会夸人："您小嘴儿也挺薄的！"此话一出，小跑驴愕然："我嘴儿薄？老牌，过来让我照照！"由于不锈钢提示牌内侧有不错的折射效果，常常被大家当镜子用。

"来了！"提示牌乐颠颠地走了过来，以一侧为底"嘿"的一声将另一侧扬了起来，把光洁度更高的内侧提供给小跑驴，自己则以碎步微调虚实。小跑驴对着镜子自我欣赏："虽说我一管口红连上嘴唇都抹不下来，那我听了也高兴！再给我量量腰！"小跑驴乘兴还要测量腰身。盒尺精灵手的前身就是尺钩，的拿起身用手扒住小跑驴的一侧腰身，尺臂向后一撤："还是1尺多一点儿！"小跑驴："没算肚子吧？"的拿笑着："你哪有肚子呀！"提示牌把扬起的一侧放回地面，叉开"双腿"戳在地上，主动提议让铁蛋糕也就是车铃小怪也欣赏一下个人风采，它被提示牌夹在双"腿"下任其调整，感觉它等边长的"双脚""功力"很深。铁蛋糕："轻点儿行吗？"提示牌："我根本就没使劲！"虽然被提示牌双腿夹得并不舒服，但铁蛋糕依然觉得有种莫名的亲近感。已经接受是闲置物品身份的铁蛋糕心情不错：是挺好看的！在提示牌的不断调整下，铁蛋糕不仅看到了真实的自己，也见到了扭曲后的形象：走形了！

　　的拿从挎包内取出两个椅子腿儿塑料套，延长脖子向沙发B扶手方向张望了一番，从扶手下看到了一把迷你版的小号红色折叠椅。这把椅子曾在它的脑子里浮现过，的拿冲着它喊了一声："小节子过来！"

　　小号折叠椅"个头儿"比一盒中华硬包装烟盒还高一个翻盖，红背、红面、电镀腿，造型参照了传统的红色大折叠椅。它原本倚在扶手边上，听到喊声"腰背"一拱"站"了起来，利用可以微调的座子面小心地朝的拿走去，状态很像一个蹒跚学步的孩子。直观的缺憾是所用电镀管没能按比例缩小，不仅"鞋"（椅子腿下边的塑料套）穿的与大折叠椅一样，就连"骨骼"也相同，只是"鞋"的数量还不够。看它走路费劲的样子，大椅子道："咱可是4条腿的啊，不能这样！"铁蛋糕问提示牌："它怎么了？"提示牌："缺乏锻炼！""它是怎么来的？哦，怎么成这样？"铁蛋糕吸取了问相同问题时，的拿所说的"走着来的"教训，明确所指"这个人的这个样子"是怎么来的！提示牌好像不用解释就听明白了："主任自己做的！"

　　由于小椅子的四个支撑腿都是立管不能弯曲，的拿将新找来的椅子腿塑料套、按着鞋的作用套在了小椅子的"后腿"上，把原先缺失的两"只"鞋配齐了，使它在"坐下"时能与大折叠椅一样平稳。它们不仅个头不同,而且小红椅子显然不如大椅子灵活。

放平后的小椅子平整美观,的拿不无惋惜地说:"多好的红色基因啊!"转头又看向铁蛋糕:"鲤鱼打挺能教它一下吗?"铁蛋糕:"它用不上吧?"的拿:"为什么?"铁蛋糕:"我觉得它根本摔不倒!""嗯?"的拿扭头看向大椅子,"你们摔不倒?"大椅子:"是倒了自己起不来!你忘了你把我扶起来了!"大椅子曾在完成了一次出演后被归还者草率地平放在了地上,致使它在地上"躺"了好长一段时间,是成精后的的拿重新扶它起来的。

的拿抬头瞥了一眼库门方向,怀疑那个地方"有人使坏":"那它怎么摔过一次?"大椅子:"它是我圈儿套圈儿的侄子我盼它好还来不及呢!不信你问跑姐?它每次就走到跑姐脑袋那儿!"跑姐:"差不多!"的拿扭头又看看库门对角方向:"哪?"大椅子解释说:"我们的记忆都来自椅子背,你要是用了座子面儿就等于重新开始!"的拿:"我用的哪啊?"小跑驴:"我们哪知道啊,它一来就这样!"

的拿的"老妖"绰号是从2号库叫起来的,妖之妖点源于它曾经的努力和不错的动手能力,红色小椅子就是它遵照鸿导的指示,用别处的一把旧椅子在"一加二工作室"改造的,并由此获得了鸿导颁布的首个嘉奖。其最初的目的只是完成道具的小型化任务,所以改造时就依葫芦画瓢以形为主了,并未留意原有部件的不同作用,也没奢望过有什么能力。可偏偏小椅子的椅子背留有原部位记忆,某一日就晃晃悠悠走起来了。惊喜之余,鸿导又下达了改造其他道具的任务,但却遭到了其他道具们的一致拒绝:不同意!再一结合小椅子的迟钝表现就放弃了,的拿认为:改造

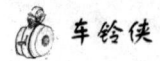

的东西记忆需要恢复,要是遇见个有负性心理的那就是个麻烦。

　　的拿对小跑驴说:"你多照应着,我找鸿导还有点事儿。"鸿导的工作室"远"在四五百米以外的1000米演播室,临走前,的拿让小椅子加强走路练习,又对着库门对角儿方向的货架子下面嘱咐了几句:"别淘气啊,淘气不给你记小红花儿,晚上等着我!"铁蛋糕不知它在跟谁说话,眼见它将挎包挪到身后,三两下就上了临近的货架子,再从货架子上了库门上边的管道路。

2. 不打不相识

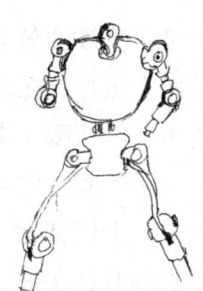

2号库屋顶靠门的一侧有一组粗体管道，管道底部与货架上部高度平齐，的拿上去后去了哪里谁也不知道。

铁蛋糕自打一进来就没看到"排演"场地，也没看见主任说的"听觉艺术天堂"，还没问，它却走了。看着铁蛋糕呆呆的样子，小跑驴笑着说："稀奇吧？主任长了毛比猴还精呢！"铁蛋糕环顾2号库："怎没有啊？"小跑驴："没有什么呀？"铁蛋糕："主任说……这儿是听觉艺术的天堂！"2号库的道具们一阵哄笑，铜锣："关了灯，你就知道了！"小跑驴："的拿学坏了，艺术天堂说白了就是把灯一关讲故事。"小跑驴的话让铁蛋糕有种被愚弄的感觉："它说这是排演厅！"小跑驴："那倒不假，就是遥遥无期！它说的可能是隔壁小礼堂……"接着，小跑驴把道具的属性和以往以及当前的处境说给了铁蛋糕："道具算是半个演员，平时既枯燥又乏味，但好歹是在册的，看见铜锣了吗？除了躺着就是坐着！"铜锣："没事，反正躺着也算上班！"

铁蛋糕觉得小跑驴说的"道具算是半个演员"很有意思，忍不住想凑到货架前看看，同时也想看看刚才是谁开的灯。刚走出几步，小跑驴就提醒说："2号库就这么大，不定什么时候就有人推门……"正说着，靠门一侧的货架上突然传来两个声音，一个是小军鼓的敲击声"嗵隆，嗒啦……"另一个是原本合在一起的两个镲片，在受到声音震动后滑镲错开的声音"唰"，还没听清声音是从哪儿来的，又听到靠门的地方传来"噔"的一声，一个"头"缠红色绸布的锣槌从库门边上货架的第四层，跳到了下边的一个杌凳上。沙发上的铜锣看到锣槌下来，赶紧从沙发A扶手滚到B扶手那边去了，看上去有些怕它。

锣槌"单脚"着地晃晃悠悠，铁蛋糕见它一脸"通红"关心地说："你可别掉下来！"锣槌传统装束、面无表情地说："你应该叫铁鸡蛋！"铁蛋糕："为什么？"锣槌："因为蛋糕是鸡蛋做的，铁蛋糕不就是铁鸡蛋吗？"铁蛋糕无所谓地说："鸡蛋就鸡蛋又没怎么着你！"锣槌："你敢怎么着我吗？你进来干吗不叫我！"铁蛋糕："我没看见你！"锣槌傲慢地说："现在也不晚，叫小灯爷！"铁蛋糕也不示弱："你先叫我铃爷！"锣槌大怒："敢犟嘴！"锣槌1尺来长，存放在一进门货架的第四层，第四层货架的高度恰巧与地面一米五高，与安装在墙上的照明开关高度相当。

2号库有两组照明两组开关，1号和2号库合并前，大椅子是2号库的"大哥"，它在人类开关的动作中看出了门道。合并后，觉得锣槌"比较机灵"，能主动接受领导，便安排它当起了"灯爷"。面对锣槌的无端挑衅，小跑驴以主管的身份警告它："不许欺负新来的！蛋糕过来！"大椅子也站出来斥责锣槌："回去，听见没有？"锣槌把小跑驴的警告当作耳旁风，却把大椅子的呵斥当圣旨，它"噌"地一下跳回了开关跟前，倚着身边的医药箱得意忘形地突发感慨："啊！有人来了，快跑！"大椅子原地没动附和着："啊！你怎么这么倒霉！"

铁蛋糕过来后，小跑驴叮嘱小椅子："带它往里走走，让着点新来的！"小椅子小心翼翼地将铁蛋糕带到库门对角货架的防潮层那边，也就是的拿临走时叮嘱"别淘气"的方向，小椅子介绍说："那儿有两个鸿导培养的学生……"铁蛋糕的车主没少用它这辆车送小孩上学，一听这里有学生有些吃惊："学生？我过去看看！"

货架东边防潮层下，藏着一小捆儿的拿捡来的尺长物资和两个单一体盒尺精灵。两个精灵中一个是成色较新、长相虎势的蓝色五米尺，另一个是有些使用痕迹、面部表情非常丰富的浅白色一米尺。待在防潮层下主要是怕被人发现，因为它们不是的拿捡来的就是的拿自己做的。蓝色五米盒尺块头较大，比一个门钉肉饼厚一点儿也猛一点儿，脸型偏"田"字，浅白色一米尺体态娇小，尺条孱弱，"甲"字形脸。为了避免壳体磨损，它俩的"脚下"都被的拿施加了保护措施，蓝色五米尺贴的是黑色电工胶布，一米尺贴的是医用橡皮膏。

此时，五米尺正无聊地抠着木质货架的隔断，粗壮的尺条犹如挖掘机的液压臂，宽厚的尺钩就是液压臂的挖斗。当小椅子和铁蛋糕向它俩走过来时，浅白色一米尺提醒五米尺说："那铁鸡蛋过来了！"五米尺没说话，只是端肩"嘿……"地笑了几声。

铁蛋糕看见防潮层下有一大一小两个盒尺，其中那个大盒尺，正专注地用尺钩在货架隔断上抠哧东西，当大盒尺觉得抠哧得不顺心时，还会以尺为拳击打小捆儿物资。

车铃侠

  这俩就是学生？铁蛋糕心有疑惑轻声问道："你们是学生？"浅色一米尺"人"小嗓门大但不失礼貌："对，我是文科串行它是理科串行！"看到它俩和的拿不一样："你们怎没混合成精呢？"五米尺愣了一下，笑了："真可笑，它管进步叫成精！"浅色一米尺："我们这儿不说成精，说进步！"说完忍不住也笑了。铁蛋糕："我能上学吗？"五米尺生硬地说："不能！"铁蛋糕又问小椅子能不能："它呢？"五米尺："也不能！"铁蛋糕："为什么？"五米尺："没有为什么！"小椅子害怕地说："咱走吧！"铁蛋糕没动，见它摆弄的图案很像一个花瓣，便说："你还会雕刻呀？"五米尺："瞎刻，没事闲的！"铁蛋糕羡慕它能以尺当手："这个爱好挺好的！"五米尺头也不抬："那么回事，说白了就是手欠，你叫铃爷？"铁蛋糕不好意思地说："我这是嘴欠！"五米尺瞥它一眼话中带刺："别呀，敢称铃爷得会点什么吧？"铁蛋糕自以为能站起来是件了不起的事，自豪地说："我会鲤鱼打挺！"五米尺双眼上翻语气轻蔑地说："除了……打挺呢？"铁蛋糕见它蔑视自己不禁信口开河说了大话："我还会撒豆成兵！"

  这句话可不是谁都能说的，铁蛋糕头上爆出了一个大大的之字形火花，小垫圈被"震"出了车铃铃体，一直翻滚到小跑驴跟前才停下。原本"精神抖擞"的小垫圈耷拉着脑袋勉强回到铃体内。

  "说大话！"嘴未闭拳已到，只见尺条翻转尺勾成拳，出拳的正是蓝色五米尺。

  面对突袭，一个正常的车铃是躲不过的，但铁蛋糕是个见识过无数次禽类受惊后"扑棱"而去的车铃，当险情出现时本能地做出了类似举动：铃脚下压蓄弹力，展翅高飞逃命急。铁蛋糕一个纵身后跳，不仅躲开了一拳，还证明了假禽类是可以原地向后跳的。还没站稳，五米尺变拳为肘曲臂肘击车铃盖儿，没想到铁蛋糕居然能以前脚为轴、抡起铃把转身还击,如果被扫上,五米尺未必占得到便宜。敢于还手的车铃令五米尺大感意外,急忙抽"手"悬臂做出了一个眼镜蛇防卫动作:"可以呀你,还知道还手!"铁蛋糕:"别车把我就没输过!"

"别车把"是两辆自行车互相别前轮的"游戏",类似公羊挑战或我们小时候玩过的撞拐。

双人沙发背朝东货架,趴在沙发远端 B 扶手上的铜锣看不见冲突现场,只能"欠着脚"隔空发问:"谁赢了?"浅色一米尺轻出尺条,用尺钩勾住前边的一个借力点,再以收条的方式带动盒体前行,它走出防潮层冲着沙发扶手说:"打一平手!"铜锣又喊了回来:"属家雀的加油!"

铜锣、锣槌是天生的一对"冤家",铜锣平时总受锣槌的欺负,刚才看到铁蛋糕不怕锣槌心里非常高兴。

站在一旁插不上"手"的小椅子有些畏惧:"跑姐不让欺负人!"五米尺利用尺钩也出来了,气势要比一米尺大得多。它将尺条高举用尺钩儿按着小椅子的"肩头":"嘿,你个试验品!哪头儿的呀你?"蓝色五米尺一尺多用、功能广泛,让车铃好不垂涎:"你把尺条用活了!"浅色一米尺自豪地说:"我们能以尺当手也能以尺当脚,还能间或口条之功,我叫面条它叫门钉!"铁蛋糕:"你们在哪儿上学呀?"门钉又把双眼上翻:"有电视的地方!"铁蛋糕"自小"生长在室外,对于电视的了解还没有后衣架知道得多,一听上学就是看电视,赶紧在库里扫视了一下:"这儿没有啊!"浅色一米尺:"不在这儿!"铁蛋糕:"在哪儿?我能去吗?"门钉盛气凌人:"刚才说了不能!你们上学干吗用啊?"铁蛋糕听了"眼泪"都快下来了。看到车铃如此委屈,一米尺面条心有不忍:"它说话就那样!能不能去,我们也不知道,问问跑姐吧!"

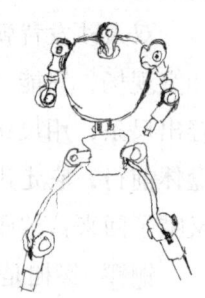

3. 天道酬勤

"管道路",是盒尺类精灵给所有悬在屋顶下的各种管道起的通用名字,这种路目前除了盒尺精灵谁也走不了,这或许就是的拿一开始不想带走铁蛋糕的原因。的拿顺着货架上了裸露在屋顶上的铁皮风道,猫腰向右朝着一个规模中等、由多节长方形管件拼接而成的弯勃管道走去,弯勃管道1米多高,地名就叫"大拐脖",穿墙后出现分支,有的直行,有的隐入墙围子。穿墙时管道上方有一个与管道同宽、高有1尺的通风"风口",铁蛋糕进入2号库时感觉到的微风就是与它对流产生的。

的拿穿墙后从挎包里拿出一个非常小的纽扣电池手电筒,沿着平直的管道路一路向前,那些在我们看来是"艰难险阻"的路,在它脚下如履平地。经过了一段长长的上行管道,的拿来到了天花板上边。它关掉手电借着由检测维修口返上来的灯光继续走,

第二章 都不省油

走不多远就从一个线束密布的导播室地板下走了出来，这条路目前被称作密道。

导播室没有照明，的拿摸黑走上工作人员专用楼梯，金属楼梯发出"哒哒"的响声，引来楼顶上的一个问话声："哪儿去了你？"问话的正是的拿提到过的"鸿鹄工作室"的导演，鸿导。

鸿导原名道具一，黄色三米尺，"目"字形脸细条眼，最初是以 1 号道具的身份进台参加演出的，结果在正式录制前被表演者不慎遗失在此。心急火燎的表演者来不及回驻地取备份，临时向道具科借来了当时还是量具的的拿前来救场。由于盒尺并不贵重，节目完成后参演人员没有继续再找就走了。

愤怒和呐喊持续了一段时间但是没有用，道具一渐渐冷静下来后决定勇敢面对这个现实，原本不具备专业知识的它，其雄心来自拍摄现场的日积月累，从陌生到熟知再到烂熟于心已经走过了 5 个年头。所谓熟能生巧巧能生精，在欣赏了精彩节目的同时也把节目的套路和程序摸得一清二楚："这有什么呀看都看会了！"

为了了解整个电视制作过程，它冒着盒尺外壳被磨破的危险，专门找了一条从导播室通往播出机房的"天路"。"天路"指的是候播大厅的天花板上边。在此基础上，将从导播室出来后看到的第一个从维修孔返上来的地面光命名为"首灯"，再将看到的最后一个称作"尾灯"。天路的入口就在导播室的地板下面，成捆的线束是从一处靠墙的专用区域引出来的，上面的地板有的没盖有的虚掩，下去就是化妆间的天花板。经过不断地寻找，终于从录音厅前边找到了播出机房："外壳都快磨破了！"

机房里的景象远比它想得复杂，这里频道繁杂节目众多，要想在纷乱的电视墙中找到了自己关心的节目谈何容易,它在寻找中又进一步增加了对电视的了解,也颠覆了之前对电视的认识:"怎么和我看的不一样呢?"录制与成片天差地别!这有片头、有广告、有眼神交流、有对手戏、有特写,又矮又瘦的主持人在这儿看不出来?这不是第三遍拍的吗?头两遍哪儿去了?于是它又摸到了编辑制作部门:"原来这么回事啊!"看到了一个陌生人在和熟悉的导演商量细节取舍;正在交代哪要哪不要,有时夸摄像有时埋怨灯光,知道了"灯爷"一词的来历,明白了景别的远、中、近区分,并在此期间学会了一句影响深远的口头语"哎……对喽!"又在编辑机房许下了学习切换技术的愿望。学切换并不难,难在不能与真正的导演同心同德同水平,难在不熟悉故事情节不能把故事最精彩的部分表现给观众。

实践出真知,经过坚持不懈的努力和多次的比较,道具一终于看到了希望,它不仅可以双手切换而且相似度居然能与真正的导演相差无几。狂喜中乐极生悲,道具一在回演播室的途中不慎从录音厅预留的检测维修口上掉了下来:"我可不能再丢一回哟!"结果在漆黑的录音厅里待了一宿,直到上班后有人出去打水,它才趁机溜了出去并慌不择路地跑进了地下室,它吓坏了,赶紧躲到了楼梯下的防汛物资里。

惊魂未定的它努力地想着这个地方是哪儿,离自己的"家"有多远。想来想去认为楼梯上边就是自己熟悉的天路下边,因为天花板上每隔20多米就会有一个检测维修口,所以相对熟悉,还曾为不用走1号厅前那段危险路而庆幸过:"这儿不就是那儿吗?"它想回到楼梯口验证一下——只要断定1号厅门外是危险路,就证明自己的判断没错。上去后刚刚向外一看,猛地从开水房里走出一个人来,这个人手拎着一个暖壶径直向地下室走来,吓得它"撒腿"就往回跑。客观地说,若论躲藏能力它比混合前的的拿差多了,那时的的拿走地面形如现在的门钉,地面上随时可能遇到人,它知道先观察。而鸿导则不行,它长期在无人出现的天花板上行走,可以闲庭信步,可以不慌不忙,可以不走1号厅前的"危险路":"老子连红灯都不用等!""长"那么大就没跑过。原本它是小心上去的,看见有人下来转身就跑,慌乱中尺条没有去"抓"栏杆,而是抓了台阶踏步边缘:"怎么圆的呀?"边缘虽然90度,但折角却是圆的,两次出条都没勾稳,情急之下出长条勾住了前方的一个门框,收条时又缺乏经验,结果在楼梯上发生了令人窘迫的滑梯现象。连续的出溜打乱了它的收条动作,当"身后"的脚步越来越近时,它一个跟跄摔倒了,心里是又怕又急。

下来的人是设备层的工人,他在一楼的开水间打完水正往下走,正走着看见了地上的一个盒尺。他放下水壶捡起来拽了拽尺条,拽了几下也没拽动,他认为这是个"坏"了的尺子,所以顺手又给扔了。这一扔无意中改变了道具一的命运:它从认为熟悉的那个楼梯被扔到了相距不远的另外一个楼梯附近。

两个楼梯不仅扶手都在右边,连下边堆的防汛物资都长得一模一样,都是圆形卷状、都是红色包装。现在,它与打水的人背向而行,慌不择路地躲进了防汛物资下。整整一个白天它都在庆幸自己在工人拉拽时做出的"反抗"动作,想着想着就迷迷糊糊地"睡"着了,一直到半夜它才"醒"来,光想着1号厅前那段光滑路了,却不知此楼梯已非彼楼梯了。

从躲藏的地方一出来还是熟悉的慢节奏,一个台阶、一个台阶地走,它怕"哧啦"的尺条声让人听见,想着只在通过1号厅前时才加快脚步。当转过楼梯拐角时一眼看见了上边的楼门,预期中的回家路——浮现在眼前，1号厅、旋梯、备播大厅、小卖部……可一出门却发现门外的情形完全不对：出去应该是1号厅这怎么是一堵墙呢！它小心地向墙根走了几步侧身远望，却看到了一个熟得不能再熟的场景，咖啡厅！嗯？那左边一定就是咖啡厅小卖部了！如果真是的话我是不是来自另一个世界？顺着墙根没走几步果然看到了小卖部的橱窗玻璃，巨大的视觉反差颠覆了它多年的认知，它一时接受不了，"哎，怎么是这儿啊？"它只觉得天旋地转浑身瘫软，心里不住地往上翻腾，"脸"色由黄变白直至栽倒在地"晕"了过去。

幸好是夜深人静，"醒来"后它必须尽快回到演播室顶部的建筑伸缩缝去，那儿有一个一两平方米的低矮蜗居。

初有手脚难适应，两条腿出的总是有长有短，不是左腿出长了就是右腿出短了，臂像水袖腿像高跷："我怎么这样儿了？"几分钟的工夫就把它折腾得浑身无力几近瘫软，它倚着墙迈着参差不齐的脚步，东倒西歪地从演播室门缝跌了进去，唯一的信念就是赶紧回"家"。熟悉的楼梯陌生的感觉，以前是爬、现在是走，实在走不动就拽着楼梯栏杆慢慢往上捯，直至疲惫不堪地瘫倒在蜗居里。

经过几天的适应和调整，上下肢的配合已经非常默契，从最初的手忙脚乱到伸缩自如直至随心所欲，它认为这是因祸得福，后悔没早点掉下去。于是，借着录制节目的灯光，找来纸笔将自己多年的积累和心得一一记录下来变成文字，但多年的"腹稿"让它丢失了许多原始创意。经过回忆和整理，它认为自己的进步得益于视觉启蒙，并给这种由看得来的启蒙方式起了一个贴切的名字"看会社"，自己担任社长。它不仅把名字从道具一改成了鸿鹄，还把蜗居改成了鸿鹄工作室。有了想法后一系列难题接踵而来：自己是一没设备、二没演员、三没场地的光杆司令，纵有创意万千却难以实现一个，愁得它整天唉声叹气。

一年多后的一天，在从播出机房回工作室的路上，鸿导遇上了不甘寂寞的的拿，在互相了解了对方履历后俩人觉得这就是缘分，双方一拍即合决定联手。鸿导："你帮我实现梦想我帮你完成混合。"的拿："一言为定，先给你弄个电池灯，再给你找一份月历牌，你就一张一张撕去吧！"

一段时间后，的拿也有了自己的工作室，任务是帮着鸿导收集物资制作道具。由于梦想众多繁简不一，鸿导赶紧从自己众多的月历纸创意中拿出了一个自认为最容易实现的剧本《坐井观天》。

剧情以一只掉进井里的青蛙来表现自己刚刚被丢下时的心情，后来在一只可以进出自如的蟾蜍的帮助下，刻苦练习攀爬技巧重返地面的励志故事。由于没有拍摄条件它选择了舞台剧形式，把演出和排练场所放在了"人才荟萃"的2号库，演员由经验丰富的锣槌、大椅子、铜锣担任。为了尽早完成梦想，二人共同协商制订了总计划和特殊的奖励办法。鉴于的拿在节目以外的能力远远高于自己，鸿导又将看会社执行会长的职务交给的拿，理由是尽可能地发挥它的聪明才智。

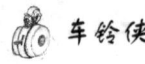 车铃侠

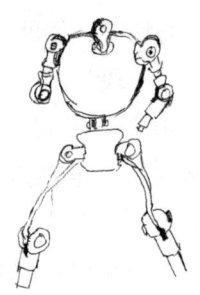

4. 听里刨食

"哪儿去了,你还不快点!""来了,来了……"的拿答应的同时演播室的灯忽然亮了,入场门一开有人也随之走了进来。台内的演播室非常抢手,一些收视率高的名牌栏目都在此扎堆儿录制,导致几个大型演播室供不应求。的拿回来时正赶上一个节目的剧务人员前来装台换景。这会儿的灯光还只是照明用光,与录制用光相差甚远。看见有人开灯,的拿"跑"得比谁都快,只见它抓住身边任意可以抓到的东西,三五下便上到了中段调灯平台,由于这个时间灯光师还没上来,所以相对安全。

"紧走几步!"楼顶上又传来鸿导的催促声,的拿跃上最高一层的调灯楼梯,再钻过两道安全网便成功地回到了鸿鹄工作室。刚上来,就听鸿导急着说:"再不回来,导播室就来人了!"伸手把一根挂在的拿身上的捆绑带揪了下来,这是的拿路过线束层

时挂到身上的。的拿答应着："知道！知道！"鸿导追问的拿："哪儿去了？"的拿从挎包里摸出拆卸铃卡子时"没收"的两个螺丝掇在手里，然后把挎包放到一边，回答说："车棚那儿不是有辆报废的马车嘛（注：宇宙台将转播马拉松的专用移动车简称为马车），我想拆点东西回来！"边说边走到一个墨绿色的茶叶盒跟前，抠开盖子把螺丝放了进去。鸿导眨了一下眼睛："拆了搁哪儿啊？"说着，用手指扫了工作室大半圈，最后把手放在一盏小台灯上："这儿就这么大，除了物资还得放你这些破铜烂铁，跟你说啊，临时可以，长期不许……"

　　设备的缺乏一直限制着鸿导的发挥，虽然的拿"勤快"，能把捡来的小台灯通电应用，但其他方面还离实际需要差得很远，也可说是无法解决的难题。鸿导尽管知道"拆"来的东西没处放，但还是把自己写字用的小板凳向后拽了拽，又把身边的东西往里推了推，腾出一点儿地方，然后关切地问的拿："拆了吗？"的拿："没有！"听到说没拆，鸿导又把写字用的小凳子推回原位，批评的拿说："没拆就对了！拆公家的东西是犯罪，不过拆小的没事！"鸿导做事有自己的原则和标准，但执行起来却比较随意，常常令的拿无所适从，好在的拿早已习以为常了。的拿一听笑了："您太逗了！我刚抬腿要过去就听后边有人说'干吗呢？'"鸿导脖子伸出足有1尺，惊讶地问："谁呀？"的拿神秘地说："另外一种精灵！"鸿导眼睛大睁说道："另外一种？"的拿："自行车的！"

　　听到的拿发现了新精灵，鸿导赶紧从身后把一张写有总计划字样的A4纸拿了出来，总计划表下，又分为若干个小计划和两份表格。两份表格中的上部分是"人"名和奖项，分别写有：鸿鹄、的拿、提示牌、面条、门钉和节节高的名字，奖项包括鼓励类的：良好、优秀、嘉奖，也有三、二、一、特的立功奖。鸿导首先指了三等功："什么程度的？"的拿："单一的，就一个车铃！"鸿导的手又挪到了优秀位置："大的小的？"的拿："中的，跟个小圆柿子似的！"鸿导的手又指向了嘉奖位置"会跳吗？"的拿："会一点儿不高！我是按道具招的！"鸿导的手在嘉奖与优秀之间晃动了几下，决定说："那就……再记优秀一次！"的拿对鸿导的表彰非但没有感谢，反而唉声叹气地流露出一些伤感："哎……"鸿导把计划表放在小板凳上，说的拿："你觉得给低了是吗？"的拿："不是！"鸿导："不是你'哎哟'什么呀？"的拿："哎，它们住的地方让人拆了！"鸿导："谁的？"的拿："自行车的！我去的时候正赶上拆车棚，里边我也看不见，就听着'吱儿哇'乱叫的那个难受……"鸿导："停！谁在那'吱儿哇'乱叫？"

　　的拿将看到的车棚被拆和解救车铃的过程向鸿导做了汇报，鸿导一听就火了，责备的拿说："车棚的事为什么一进来不说？"鸿导在同情自行车遭遇的同时也嗅到了一个扩大队伍的机会："送哪儿去了知道吗？"的拿："应该是炼钢厂！"鸿导："嘶……想想你我……它就不该是孤立的！"的拿："有一就有二？"鸿导："对！一定具有普遍性！这样，就着机会你再去车棚看看，有，我们就按计划全招来！"的拿："韩信点兵？"鸿导右拳击左掌："多多益善！如果发现长胳膊带腿的，直接记你三等功！把车铃算在咱们这边！"的拿："没地儿写了吧？"鸿导："这还不简单！"说着，把自己首位的名字划掉写上了"车铃"二字。的拿："把它放前边合适吗？"鸿导："那有什么，还怕它顶格冒出去？哎，它还有改造余地吗？"的拿："有！它说它想有手有脚有翅膀！"鸿导："要我我就抽它个小嘴巴儿，我还想哪！它的脚不是竖着的吗？我建议你去工作室给它横过来！"的拿："没问题！那晚上谁送学生啊？"鸿导："我呀！我又不是摆设。这样，上学的事你别管了，我连送学生带看它，你先去忙紧要的，晚上，我跟你出去……"

鸿导对的拿一向强势，除了第一次见面有过短暂的客气外，以后一直就是这么"亲密无间"不讲理。

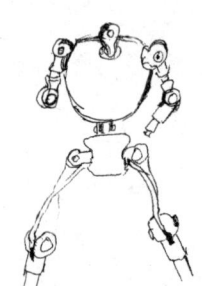

5. 求之不得

当晚，2号库里，五米尺门钉把尺钩"虚握成拳头状"，正在练习没有支撑情况下的摄像技巧，对象是一个高压锅。一米尺面条悬臂于一个道具键盘上模拟打字，它的手太小，整个手按在键盘上还有富余，但并不影响它的敲打速度。

铁蛋糕和小椅子地位相当，很快成了好朋友，此时正待在沙发背下轻声交谈。内容或许是跟"上学"有关，并未回避趴在扶手上的铜锣。

这时，鸿导从的拿攀爬过的货架上下来了，它的出现说明演播室的调灯工作已经结束。它亲切地说："跑姐，看你来了！"而小跑驴也不客气："你不定干吗来了呢！"鸿导向大椅子和门钉挥挥手，又用右手二三手指叠加产生的弹力，轻轻弹了一下铜锣，然后走到小跑驴跟前说："真的、真的，这两天忙，忙得四

第二章　都不省油

脚朝天！"小跑驴："谁信哪！这么长时间舞台连个影儿都没有！你还……"鸿导："一直在忙！外语频道不是在改造吗？这些天……我跟主任一块捡东西呢！"一边说一边打量地上的车铃。大椅子过来问："鸿导，有新计划吗？"鸿导："没有，还是培训！"大椅子："演播室那灯可别往这儿弄啊，危险！"2号库有两组照明，其中离大椅子较近的那个灯泡坏了。"放心，100瓦以上的绝不往这儿拿……"说着，鸿导把手放在嘴边轻声说："正让主任趸摸呢！"小跑驴："主任呢？给它记功了吗？"鸿导摆摆手："没有，给个优秀还跟我嘬嘴呢！"小跑驴："它还知道生气？怎没一块来呀？"鸿导细眼微睁："呃……去外语频道了，那儿今天出了不少下脚料！"小跑驴："俩人抬一块大点的不就得了？"鸿导："不在跟前你不知道。再说了，浪费也是犯罪！你们这灯也不能老点着……"话音未落库里的灯突然灭了，鸿导："唉？"大椅子："开开！"灯"唰"地一下又亮了，鸿导："怎么回事？"锣槌紧张地解释说："不小心……碰了一下！"

　　鸿导没有责怪锣槌，而是把目光转向了铁蛋糕，问它："你就是那个什么……小怪？"铁蛋糕："来的时候叫！"鸿导像在哄小孩："无所谓，我想知道你……怎么怪？"铁蛋糕："我听得懂'开灯'却听不懂'开下灯'。"鸿导想了一下："不就加了个动词或量词吗？这不叫怪，再说一个。"铁蛋糕："我想有手有脚有翅膀！"鸿导："哎……手脚翅膀三合一才叫怪，我听主任说了。为什么要加个翅膀？"铁蛋糕："自由！像家雀那样想飞就飞！"大椅子："嚯！你们俩又鸿鹄对麻雀了！"鸿导谦虚地说："就是个头儿大小而已！"说完又转向铁蛋糕："我佩服你的志向发誓并不保守，但你怎么实现呢？退一步说能实现，你打算干什么？"铁蛋糕："像主任那样有本事！"鸿导：

"其实我也不差！有的人，秉性是天生的，比如老七，天生火气大……"大椅子侧身把脸扭向一边："谁呀，我才不那样呢。"鸿导："再比如铜锣，爱接下茬儿……"铜锣："我接什么了？你尽冤枉好人！"鸿导："对，你是好人堆儿里挑出来的，我说错了，哈、哈、哈！再比如主任，脑袋天生就是顶着职业来的，天生就比别人动手能力强……"说着，眼睛看着铁蛋糕："你不是要手要脚要翅膀吗？交给我们了，你就踏踏实实地等着，还有什么……怪的吗？"门钉过来说："有，它也挺能说大话的！"鸿导看着门钉："说说我听听！"门钉："它说它会撒豆成兵！"话音未落，只听"啪"的一声，门钉口中冒出了青烟，鸿导赶忙延长脖子去看。

铜锣"胸"贴在沙发Ａ扶手看不见，关心地问："什么呀？我听见'啪'的一声。"大椅子："出事了，臭小子把舌头闪了！"鸿导对门钉说："我看看……"门钉伸出"舌头"让鸿导检查。小跑驴责怪大椅子和铜锣："老大不小了，没你们这样的！"大椅子："呸、呸、呸，臭小子没事吧？"鸿导看了看门钉的"舌头"，确认没什么事，便说："这可不是乱说的！那是呼叫寄托在豆腐上的阴兵用的！"

"阴兵？"铜锣的"胸"从贴着的沙发Ａ扶手直立起来，大椅子也悄悄收起座子面站了起来，拧着眉头问："它能叫来阴兵？"听到道具们对"阴兵"有所畏惧，小跑驴对鸿导说："你学问大给解释、解释！"鸿导哼笑了几声回答说："没那么玄乎，撒豆成兵只是一句成语没有实际意义，它的意思是撒放豆子变成军队，你想可能吗？"门钉委屈地说："那怎么它说没事啊？"门钉这一问把大家都问住了："是啊？""对呀，门钉是学舌的！"鸿导微笑着伸过头来问门钉："你又欺负人了吧？"门钉一本正经地否认:"没有啊!"铜锣揭发说:"一比一平手!"鸿导:"看看我没猜错吧,我猜肯定不是平手肯定门钉占上风!""嗯?你看见啦?"小跑驴距离事发地点最近知道结果,它想知道鸿导为什么这么说。鸿导:"不用看,我一想就知道,因为这一般都是遇到难处的人说的!谁说的?铁蛋糕说的,它为什么说、它遇到难处了!所以它在寻求阴兵帮助……"

再次听到阴兵,铜锣从直立状态向后挪了两步:"真有吗?"鸿导吓唬它说:"你叫一下试试!"铜锣跳到地面上:"我可不犯那傻!"鸿导:"瞧把你吓的,上去、上去!"铜锣又滚到一边:"到底有没有啊?"鸿导坚定地说:"没有!"铜锣质问:"没有谁打的门钉啊?"大椅子:"是啊!"鸿导看天看地瞟左瞟右想了半天,搜肠刮肚地想出了一句:"电兵!"

"电兵?"铁蛋糕吃惊地重复了一句,小垫圈虚形趴在铁蛋糕身边准备细听,大椅子也说:"怎么个电兵啊?"

鸿导双手虚握,手背像"掸土"那样从胸腹向肚子两侧划出撇成向外"八"字,胸有成竹地说:"锣槌,把灯关了,再开开!"只听"噼、啪"两声,灯关了又开。鸿导:"看见了吧?电兵就是电,门钉是让电……打了一下!"鸿导的解释让2号库又重新活跃起来,小跑驴:"这么一说就懂了!"大椅子:"看得见摸得着!"鸿导:"摸可摸不得啊!我再重申一下用电安全:凡是身上有金属的,必须远离电线电闸配电箱,门钉可能就是一不小心没注意!"在场的道具纷纷答应:"行喽,知道喽……"

就在大家以为"电兵"这个话题已经过去了的时候,小垫圈不知从中想到了什么,假借"铁蛋糕"之口神情专注地问了一句:"电兵是骑着电线来的吗?"

鸿导愣了一下,马上又笑了:"哈哈不是,是坐着电线来的!

你看这个……"说着，抬头指着屋顶上的电线，接着说："看见那个了吗？那是照明电！你不能说你骑着一截儿就能来，那不行，它跟火车一样，必须有整条连贯的专用线！"大椅子："是电就有线吗？"鸿导："不是！电，有有线的有无线的，有的走电线有的不走电线，我这么解释对吗，老七？"

此时，大椅子正跟锣槌挤咕眼儿，没想到鸿导回答得这么快而且还专门问到自己，于是，匆忙地回答说："对！您是精灵界的万事通，说得全对！"铜锣侧身附和说："天底下就没有鸿导不知道的！"鸿导的知识源于视觉启蒙，能用看来的知识答疑解惑也是一种能力。

今天，夸人的被人夸了，让鸿导非常高兴，它谦虚而又自豪地说："不行啊，你俩把我说得太厉害了，我其实就是喜欢听、乐意看，一切，都是看会的！"它的本意是赞扬多听多看，没想到小跑驴像是抓到了什么把柄似地趁机说："那就带着节子和蛋糕一块去！"鸿导愣了一下，不明原因地皱起了眉头："嗯？去哪儿啊？"或许是铁蛋糕真的央求过小跑驴，小跑驴眼睛一眨，有的放矢："上学呀！它俩哭着喊着要去，你就一块带上吧！"鸿导虽未直接回答但下意识地"哎呀"了一声，小跑驴见它面露难色又追加了一句："你哎呀什么呀，你不会也搞身份歧视吧？"

鸿导不是在册的做事一向谨慎，时常提醒自己不能光量别人不量自己，对小跑驴说的身份歧视，既敏感又不认同。它一边盘算一边否认："不会、不会，怎么可能啊！"

既然不是歧视那又是什么呢？其实，真正让鸿导为难的是上学路上的秘密，这秘密与它摸索出的"进步秘方"息息相关，而非门钉所说的资格问题。

盘算了一下利弊得失，鸿导决定："那就一块去！电视是什么？是懒人看书分享精华！你往电视前边一站，就等于往脑袋里搬知识，什么时候你觉得脑袋装不下了……还可以记在心上！"鸿导发表的感言发自肺腑，小跑驴第一个出来响应，它说："让你说得我都想去了！"铜锣"欠着脚"好心鼓励小跑驴："你脑袋大，你真应该去！"小跑驴："嘿！我要是能刨蹶子，非给你一蹶子不可！"铜锣"缩着脖子"反倒觉得委屈："别呀，我知道我嘴不好，但说完了舒服！"鸿导伸长了一些脖子："我希望你们能去的都去，谁去我都求之不得，铜锣，报名！"铜锣："我？我不去，我还在家躺着哪！"鸿导腰杆一挺看向大椅子："老七！"大椅子以左脚为轴转身就走，走了几步又转回身："我也不去，小节子不是去了吗？"鸿导把右手的食指从左向右划了一下："不一样！它是它你是你，它接受的是初级启蒙，你是去弥补被岁月耽误的曾经！"大椅子扭捏地晃了一下肩膀："那也不去，走半截我再晕过去！"鸿导："真是朽木不可雕也，跑姐！"小跑驴："我都这岁数了，去干吗呀！"鸿导："那就带头参加小型化！"跑姐："不是说舍不得吗！"鸿导："铜锣，小型化！"铜锣向左转身"背"靠着沙发藏了起来："没听见！"鸿导："刚才起哄怎么有你？老七！"大椅子："我还是那句话，不参加！"鸿导："不参加我也把你们全列入计划，早一天晚一天的事。"又对面条说"这学期你俩就快毕业了，今天别去了。"面条高兴地说："哦，提前放假喽……"鸿导端肩一笑："有点厌学了。我的计划里，是等门钉毕业了让它带着小节子，既然蛋糕渴望参加那就索性一块！"小跑驴："我替它俩谢谢你！"鸿导："不用，你就想着小跑妹的事就行了。这样，今晚除了面条这仨我都带着，但是呢，蛋糕得跟着门钉单独走，我带着小节子！"临走前，鸿导特意叮嘱门钉要注意安全，顾全大局。

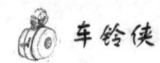

  提示牌看见门钉带着车铃走来，小声自言自语了一句"稍息"便让它俩从铁笼子出去了。

  鸿导一离开小跑驴的视线，立刻变得严肃起来，将小椅子穿进右臂臂弯上了管道路，早前的的拿上了管道后猫腰去了右边，鸿导则去了看似平坦的左边，这么做，除了让小椅子知道上学不容易也还有其他目的。

  鸿导自出道以来一直渴望取得更大的成绩，这从它着力培养学生和做实验就不难看出，它希望有足够的人力物力支持它。鸿导欣赏铁蛋糕的信口开河，这也反映了它自身思想开放、勇于探索的本性：我发誓并不保守！上学之路是盒尺精灵的秘密，它冒着秘密被发现的危险毅然决定前往，正好说明了它对人才培养的态度：求之不得！它是聪明的也是无私的，它的无私给人带来光明，它的聪明让铁蛋糕受益匪浅。

第三章　喜出望外
Chapter Third

1. 不一样的求学路

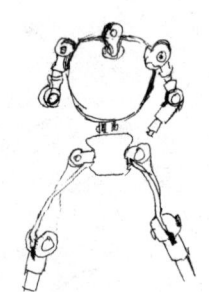

出了铁篦子来到铁栅栏门外,门钉口气依然强硬:"跟丢了不管啊!"铁蛋糕:"远吗?"门钉:"你就跟着走吧!"它俩要去的地方,是距此400多米的地上一层演播室,途中要经过一个特大演播室和公共候播大厅。

铁蛋糕看到:在门的右侧有两个楼梯,一个离门约有3米,位置在门的右斜前方,另一个离门10多米,位置在门的平行右侧。

门钉带着铁蛋糕来到右斜前方的那个楼梯下,先在楼梯右侧的防汛沙袋空隙里观察了一会儿。铁蛋糕想起刚才的另一个楼梯,问门钉:"那边那个楼梯通哪儿啊?"门钉粗暴地说:"不知道!地下室长得都差不多!"铁蛋糕:"你走过吗?"门钉:"找那事哪!能去能回就行了!"见门钉火气偏大,铁蛋糕:"对新同学好点行吗?"门钉没好气地说:"够好的啦!你一来我又蹲了一班知道吗?再蹲就成校长了!"

  时间来到零点前后,门钉走出空隙来到最末一级台阶下,它并不急于上台阶而是侧身"听"动静。铁蛋糕随后跟出:"能上了吗?"门钉:"跟紧了啊!我步子可大!"没等铁蛋糕"好"字说完,门钉就"出发"了,它先向楼梯上看了一眼,将尺条平出上扬卷住接近楼梯折返处的栏杆扶手,然后收条向上一跃直奔栏杆下的台阶而去。娴熟的"穿梭"本领和优异的"刹车"技术使它不会撞到栏杆上,不仅能稳稳落地还能在落稳前为再次出发做准备。铁蛋糕见门钉"嗖"地一下去了那么高的地方,赶紧跳上台阶往上追,而且一次能跳上两个台阶,俨然把家雀的蹦跳功夫学到家了,只是"脚步"声一时克服不了:"等等我呀……"

  小垫圈以虚形白影的形式从铁蛋糕铃体里飞出来,它落在铁蛋糕的头上,试图把它带着飞起来,但是没有成功,只好又回到铁蛋糕的铃体里。

  经过先右后左两次折转,它俩先后来到了一层,先躲在了一个半人多高的垃圾桶侧面,再顺着垃圾桶底边左转,来到了既有视野又便于隐蔽的玻璃门后边,门钉:"你够快的呀?"门外是一条宽约2米、长约20米的夹道,铁蛋糕很是兴奋:"怎么不走了?"门钉:"你这'哒哒哒'的声音让人听见怎么办?"这个地方白天还算清静,但经常有搭台的工人在这儿歇脚吃盒饭,偶尔也会碰上录音前在这儿练嗓子的"尖嗓儿"姐。正当两"人"经过一个开水间时,里边突然传来一串水滴落到接水盘上的声音,把门钉吓得不敢走了,确定没人后它埋怨铁蛋糕说:"你一来怎么尽是事啊?"铁蛋糕:"怎么了?"门钉:"你没听见水声啊?"铁蛋糕:"又不是我让它滴答的。"门钉:"都赖你!我以前从没遇到过！"铁蛋糕："你就知道赖我，鸿导你敢吗？"门钉看它一眼："瞧你提的这人！"铁蛋糕："估计主任你也不敢，还远吗？"门钉眼珠上翻左看右看："不远了，前边有段危险路！"

门钉说的危险路是鸿导给起的，指的是那个特大演播室前百十平方米的水磨石地面。由于地段开阔不易隐藏，最初没少让门钉和面条吃苦头，所以面条是最不爱上学的。过了开水间就快出夹道了，前方地面开阔，左边是个喷泉水池。铁蛋糕觉得前边特别亮："地上是水吗？"门钉纠正："那是反光！"铁蛋糕："是够危险的！"门钉："看见前边的旋转楼梯了吗？往那儿去啊，有事儿藏水牌儿底下！"特大型演播室西侧有个旋转楼梯，下边常年堆放一些有提示或警示作用的指示牌。门钉说得轻巧，铁蛋糕觉得太难："这怎么过呀？"门钉眼珠一转，坏主意上身："坐过冰车吗？"铁蛋糕："没有！"门钉坏笑："让你坐一回！"门钉选择夹道左边作为"冰车"的出发点，只见门钉来到铁蛋糕身后，将尺臂用类似打台球的方法瞄了几下车铃，说了声："脸向前看，走！"弹出的尺钩像打出的直拳，"噔"的一下打在车铃的后脚上，铁蛋糕就好像被人从后边猛"戳"了一下似地窜了出去，挨了一拳才知道冰车不是好坐的，狼狈之相可想而知。打了人家一拳，门钉气儿也顺了，在铁蛋糕身后指导起它来："侧下身！"铁蛋糕一开始非常惊慌，"哎……"当滑过特大型演播室大门时身体已经侧转过来，但也收不住脚了，本应该停在悬梯下边，不想一直滑到了候播大厅的椅子腿儿上才停下。

门钉没有紧随其后，而是向副主楼大门方向观察了一下，确定没有惊动哨兵才伸出尺条。它的出发位置选在了紧贴特大型演播室夹道右边，那里有的拿和它的"劳动"成果。原来，演播室

第三章 喜出望外

外门是个宽敞明亮的大厅，有两层楼高，屋顶上悬着一盏巨大的水晶灯。地面是水磨石现场浇筑的，每块约有3米见方，仅填充的石料每块都有巴掌大小，镶嵌的分隔条都是铜的，打磨后的成品光洁如镜。这种看似天衣无缝的地面，年头一长会出现小的崩茬儿或大的裂缝儿。这些"瑕疵"都被混合前的的拿——"开发"成了借力点。

门钉是五米尺，对尺条的把控能力已到了随心所欲的程度，出条即是目标。由于地面较大，上面的裂口间距不等，有横有竖，凭着对每一处借力点的熟知，门钉一出手就到了3米外的一个借力点，只用了一个收条动作就让自己滑向了旋转楼梯，停下后没有看见车铃："人哪？""凳子下边！"

候播大厅有许多联排椅子供演员候场或休息。门钉来到椅子边上："你还挺会找地方！"铁蛋糕："收不住脚了！"门钉："从这儿到咖啡厅是最安全的！咱溜边儿走！"路上，铁蛋糕难免好奇地问这问那："600是什么意思？"心情好转的门钉："600平方米的演播室！"铁蛋糕看到天花板上时不时地出现一个方形黑洞，又问道："上边怎么老有黑窟窿？"门钉抬眼看了一下："维修检测用的！"走不多远又看到了800的字样，铁蛋糕："咱到哪儿啊？"门钉："1000米！"

候播厅的椅子不是很高，遇到框框架架还要规避绕行，这对于以蹦跳为主的铁蛋糕多少是个限制，频繁的"哒哒"声已让门钉不高兴，再加上椅子腿不时发出的"吱吱"声更让门钉不耐烦："怎么跟钉了掌儿似的？不能控制吗？"铁蛋糕："是我弄的吗？"门钉："不是你是谁？你一来，那些平时不言声的老蔫都出声了！没听见小军鼓'嗒啦'一声吗？"铁蛋糕心想这跟我有什么关系？不得已，铁蛋糕只好将下地后用得少的横便步、横跨步都用上了。

这两种步法速度都不慢，"缺憾"是形象受损，"脸"必须朝向一侧，就是被大椅子称之为"一步三回头"的走法。

再说鸿导，为了不泄密它选择故意绕行，可门钉走的那条明路全长不过400米，自己必须赶在它俩之前赶到约定的1000米演播室。

此时，它正单手拎着小椅子奔走在一段"高架"路上。这里是几个大型演播室的后身，同时也是道具科、景具、道具临时周转的场地，大量的灯光舞美设施都滞留于此，一些景具、道具还被圈挡在鱼刺形的护栏内。"高架"路没有隐入天花板，半悬于4米高的靠窗户一侧，管道有方有圆，方的是送风兼消防补风，圆的是雨水废水。鸿导匆匆走在管道路上，在较宽的地段，它会放下小椅子让它走在自己前面，自己则把一只手虚搭在小椅子的椅子背儿下沿，时而保护时而偷偷撒手意在让它练习平衡。前边出现一个较窄的横向分支管道，鸿导提起小椅子以分支管道为"桥"梁过到了演播室外墙一侧。

铁蛋糕跟着门钉临近一处写着"咖啡厅小卖部"字样的玻璃橱窗。对铁蛋糕来说，小卖部是亲切的："小卖部！"对门钉来说，小卖部只是地标："就快到了！"小卖部目前处于休息时间，橱窗紧闭，灯都关着。

小卖部的橱窗面向两个精灵的来路，隶属于咖啡厅管理，但经营地点却在咖啡厅之外，与咖啡厅隔着一条夹道，是通往咖啡厅和1000米演播室的必经之路。如果从旋梯那边过来，首先看到的应该是1000米演播室通道，再走几步才是咖啡厅入口，两者是共用一堵山墙的隔壁关系。门钉和铁蛋糕本该在距离小卖部橱窗四五米的地方拐入演播室通道，再经通道到达演播室。可铁蛋糕非要到小卖部先看一眼再走，门钉不知道车棚的那个小卖部曾经对铁蛋糕有多重要，那可是它的信息中转站。"真是少见多怪！就一秒啊！"门钉站在夹道与橱窗平行的地方调侃铁蛋糕说，"别站在那'卖'字下边，要站就站那'小'字底下！"铁蛋糕在橱窗下来来回回走了好几趟，时而抬起前脚向内"仰望"、时而抬起后脚将"脑袋"贴紧橱窗。门钉："你找什么呢？"铁蛋糕依然故我："豆包，花卷，大馒头！"门钉催促道："走不走？"

铁蛋糕跟着门钉走入演播室通道。进入通道没多远，前边出现一个深棕色的观众进出场门。门分两扇对开对关，把手上有铁链子锁着，天花板上也有一个检测口。由于这个门与通道入口直直相对，铁蛋糕还以为通道就这么长呢。"死胡同！"门钉说，"不是！小卖部夹道才是，这条路且走呢！"临到门前，路果然向右偏了一点，原来路是就着演播室外墙后修的。两个精灵来到演播室门外谁也没看见，若是以往，只要门钉和面条从通道一露头，就能看见主任翘首在那儿等着。今天……

演播室内墙上除了密集的电路还有相当数量的消防设施，鸿导从一个旧而未弃的消防箱里走了出来，又赶忙通过调灯用的金属环形通道下到出入口门前，手刚触摸到门，就听见门钉在门外埋怨铁蛋糕："这链子锁怎么也哗啦、哗啦响啊？"铁蛋糕："我哪知道啊，我在你后边？"鸿导赶紧从里面把门拽开了一条缝隙："我碰的，赶紧进来！"

鸿导将3个精灵从导播室线束出口带至天花板上，这段是天路的辅路，经过了演员化妆间来到候播大厅上方，这是"首灯"的位置也是"天路"的起点，左右皆通。当年，鸿导站在"首灯"边上左右为难：首灯右侧，"地灯"明亮，接二连三，而左侧，却是一片黑暗，去向不明。所谓地灯其实就是从间距不等的检测维修孔透射上来的灯光。当年，鸿导选择向着"光明"出发，不仅让它知识面大增,还"意外"地成为了盒尺类精灵的"鼻祖"。鸿导对小椅子说:"到这儿就不用着急了,自己走!"小椅子进步很快,不一会儿就能"追"上"队伍"了。

走了大约几百米后,鸿导指了一下右边说:"这边就是正在施工的外语频道!"铁蛋糕并没注意听,却无意中在最后一个"地灯"边上看到了刚刚走过的"危险路",这个地灯也被鸿导称作"尾灯"。"这不是……"它刚想问,就让鸿导冷峻犀利的眼神吓回去了,它没敢再问。它不知道这是盒尺精灵最大的秘密,也是鸿导最初迟疑的原因,如果让门钉看见就等于前功尽弃。又走了10多米,左前贴墙的地方出现一个竖向的管道井,左边一片黑暗右侧还有个岔道,铁蛋糕看什么都新鲜:"三岔路口?那边是哪儿?"鸿导这回不严肃了:"审看的地方。"铁蛋糕追问:"审什么呀?"门钉最烦铁蛋糕问这问那,没好气地说:"审你!"

通过这个竖向的管道井,鸿导将3个精灵一一带到了上一层的管道路上,上下竖井犹如爬山是目前这3个精灵无法做到的。又到了一个岔道,鸿导说:"右边是制作机房,面条没来咱也不去了!"大家跟着鸿导去了左边的播出机房。

2. 不一样的课堂

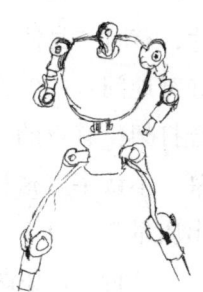

  播出机房属于重点安防部门，防卫等级极高，墙体上，所有能与机房相通的地方都加焊了密织铁网，所有大于1厘米的"动物"都要经过安检才能进出，想要进入播出的天花板难比登天。鸿导它们要去的地方只能是在密织铁网之外的建筑墙后面，因为机房里的温度是恒冷的，区域间或需要温差，致使个别出风口没能撑满预留孔，之间留下的缝隙就是精灵的"看台"，而"黑板"则是设置于不同位置的电视墙，学习内容以即时播出为准，学习目的可由"领导"安排，也可根据个人兴趣在2米宽的冷气管道上串屏自选。

  铁蛋糕问鸿导："我能上电视后边看去吗？"鸿导："不能，电视不是露天电影！"它专门叮嘱两个精灵："我们不设门槛更没有起跑线，你俩随便看，如果有建议……我也建议你们看看表演方面的！4点前后我来接你们，有事问门钉！"并给门钉委以了班长大哥哥的头衔，让它给新来的学弟布置作业。一听自己是班长，这个自诩"窦尔敦"的蓝脸盒尺有些不好意思了。

夜间的节目多以重播为主，门钉是老学员，把自己的"专位"——第一看台让给了铁蛋糕，自己站在了铁蛋糕后边，小椅子在右侧不远处选了第二看台。从门钉的选位看它更偏向于武打片，有时"身体"会随情节做出躲闪动作。看了一会儿，铁蛋糕好奇地问："怎么有的有声、有的没声啊？"门钉："他们怕声音打架！有声的是抽听，没声的都给关进音量表了！你可以看字幕，不认字就猜！"监听监看是一种单机设备，可以随时检查播出质量。

"猜"，在铁蛋糕这儿叫歪用想象，曾经为它打发了很多无聊时间，当看到一个武打演员向上一蹿就能上房时，铁蛋糕猜着说："踩弹簧了吧？"门钉："没有，实际上是往下跳的特效，真要上，我估计连板凳都上不去！"当看到有人在房顶上悬空打斗时，铁蛋糕："干吗不用石头子啊？要我我就用石头子先拽它几下！"门钉："你真是挺少找的，导演怎没发现你呀？"铁蛋糕："我这不是刚看见吗！你喜欢武打片？"门钉："偷着看，主任没说不让，这不是也跟跳高儿有关吗！"铁蛋糕不解地说道："跳高儿？主任好像也测过我！"门钉："鸿导的节目跟青蛙跳井有关，演好了可以得奖，最开始让铜锣和锣槌演这俩犯相！听见滑镲的声了吗？"铁蛋糕："听见了，好像就蹭了一下！"门钉："大镲夫妻夫唱妇随同苦同乐，铜锣和锣槌天生一对冤家，锣槌认为敲锣是天经地义，铜锣不愿挨打就换成椅子叔了。"门钉把鸿导节目的剧情和演员做了简单介绍，并说锣槌为了保住角色也煞费了不少苦心……

听完门钉的介绍，铁蛋糕更加崇拜鸿导，青蛙的努力也是自己的写照。忽然，它想到一件事："我瞎琢磨了一下，如果主任演蟾蜍，鸿导就能演青蛙！"门钉瞥了铁蛋糕一眼："这可有点胡说了！"铁蛋糕用一侧铃盖轻轻撞了门钉一下："你瞧你还不信，我都看见了……"铁蛋糕把自己的亲眼所见和想法一一说给门钉，门钉听了非常吃惊："可以呀你！要是真的你可就立功了！冲这个，我赏你到第三看台随便看，过了小试验就是！"一句"小试验"把铁蛋糕说愣了，心想：小椅子不是叫小节子吗？

此时，小椅子正四脚落地专心地看着一部老电影："……一打12个，来他个串糖葫芦！"由于电视没声，小椅子凭着"记忆"在给《地道战》里的一个情节做"音配像"。

铁蛋糕来到它的身边，问道："你不是叫小节子吗？"小椅子目不转睛："门钉它讨厌，我不是主任做的吗！"哦……原来如此，这个称呼对它有失尊重，自己绝不能叫！铁蛋糕站在小椅子边上欣赏着它的精彩配音片段：敌人的招数用完了该轮到我们了！各小组注意！你们各自为战！不准放空枪！开火！……听了一会儿，感觉小节子的前身应该没少看这类片子。"让我过去！"铁蛋糕对小椅子说。小椅子眼望前方看都没看收起座子站了起来，并不介意"身后"的路是宽是窄。铁蛋糕走到小椅子另一边，听到它说：关起门来打狗……自己也搭了一句：堵住笼子抓鸡。见人家专注于情节无心搭理自己，只得转身去了第三看台。

铁蛋糕来到第三看台，这个看台以科普教育、对外宣传和收费频道为主。小垫圈不知什么时候先于铁蛋糕来到第三看台，由于可以以虚形白影的方式存在，它的活动范围可以说不受限制，它可以随着铁蛋糕看，也可以自由选择，有时还会回到铃体里面待一会儿。

此时，外语频道正是活跃之时，几个收费频道正播着加了密的体育和文艺节目。以科普见长的频道自然少不了介绍科普人物。巧的是,这个频道正在抽听的节目是一个古代人物专题,介绍的是明末的科学家宋应星的生平和他在普及科学方面做出的伟大贡献,《天工开物》是他诸多作品中影响最为深远的。不巧的是,铁蛋糕到来时已经错过了人物的生平描述,已经演到这部书的坎坷经历和对世界进步的影响,但不时回放的片名瞬间就把铁蛋糕的"脑袋"占据了:天工开物?天工是人名吗?开物拿什么开?接下来的广告时间里,铁蛋糕抽空来找小椅子请教:"知道天工是谁吗?"小椅子直视前方:"老天爷呀!比如天公作美!""哦……"车铃又走到门钉跟前:"班长,开物是什么意思?"门钉:"铁砂掌!咔嚓一下!"老天爷会铁砂掌?这是一个比自己的想法还荒谬的解释。

正要走,又被门钉叫住:"等会儿!看看这个,一眼让你没了抵抗力!"门钉看的那面电视墙属于综合频道,除了电影、电视剧也有文教卫宣,时不时地会出现一些机器人类的节目预告。

一个片名叫作《铁巨人》的预告片极大地吸引了铁蛋糕:"天哪……"简短而恢宏的场面一下子就把它和小垫圈的"魂"勾走了,相见恨晚!剧中人物变幻莫测的形象和超凡的能力让铁蛋糕火花四溅又啧啧称奇:这不就是我的梦想所求吗?"这儿好,嘿……"说着,耍赖般地硬要挤到门钉前边:"……让我看看!"门钉倒也大方:"眼睛都拔不出来了吧?干脆把脑袋扎电视里得了!"铁蛋糕巴不得扎进去,它问:"这什么时候演呀?"门钉:"白天!"一听是白天,车铃有点急了:"那上哪儿看去呀?"门钉:"等重播!""重播?那我不走了!"为了看到心仪的节目,车铃耍起了小脾气,门钉:"有本事就住这儿!"

预告很快过去了,片中主人公的外在形象深深地刻在了铁蛋糕的脑子里，魂不守舍的铁蛋糕回到了座位处，由衷地赞叹道：人真是太牛了！这种由视觉引发的激情就是受了视觉启蒙影响的典型表现，就像喜欢工具的男人看见了心爱的工具，脚沉，走不动道。

　　第三看台的电视墙播放了一些民间小发明，铁蛋糕看了几眼便心疼起"搞发明"的人来：这么执着？为什么没人告诉他这是没用的发明呢？为了什么而什么的人有罪！又过了一会儿，屏幕上出现了一个有配音的嫦娥奔月画面，大意是说：嫦娥是中国神话故事中最早登上月球的人，有些航天大国还在博物馆中为她塑身立像。

　　当说到现实生活时又提到了一个名叫万户的人：万户，中国明代航天先驱，实验项目：飞天椅子。他的事迹是将自己绑在一把椅子上，想借助火药将自己送上天空……这是一个为科学而献身的悲惨故事，也是有文字记录以来世界航天第一人。它的意义在于：有梦想就要去实现，哪怕粉身碎骨！而这个梦想，现在被一种叫作"飞行背包"的类似现代装置成功实现了。

　　车铃刚刚平复下来的"小心脏"又起了波澜，时间短、信息量大让它的"心脏"有点承受不住："气死我了！"偏大的声音居然引起了一直"目不斜视"的小椅子的注意，它把座子收起走向铁蛋糕："怎么了？"铁蛋糕："没事，刚才生气了……"铁蛋糕把自己看到的万户事迹简述给小椅子，没想到小椅子听了几句转身回去了。正想着小椅子为什么不爱听，就听到门钉首次以"蛋糕"的名号喊了它："蛋糕，过来！"答应就等于认可，铁蛋糕："哎……嘛呀？""过来瞧瞧这个……"门钉对走过来的铁蛋糕说："右上角，青少频道……"右上角的青少频道正在介绍一个来自珠海的小小发明家，车铃边看边问："你这边怎么尽演好看的。"

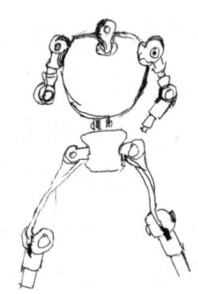

3. 说者无心

鸿导和的拿出现在东台阶南边的窗外,这是鸿导自进步成功以来首次来到室外。它向两边看看:"哪边是北?"的拿随手一指:"那边!"边说边走到铁蛋糕所在的那辆车下,摸黑将地上的铃卡子找到放进了挎包。

鸿导动手能力有限但好奇心挺强,看到的拿随手就能捡到东西不无羡慕地说:"你眼神真好!"的拿:"我扔的!"鸿导:"你捡的那个半圆东西是什么?"的拿把装进包里的铃卡子拿出来举给鸿导看,对它说:"固定铁蛋糕的那个铃卡子!"鸿导好奇心又起,凑到车把前寻找铁蛋糕待过的痕迹,一边看一边说:"也不知道它天天在这儿想什么,居然问我电兵是不是骑着电线来的……"的拿收起铃卡子笑着问:"你怎么说?"鸿导用大拇指推了推闸棍,回答说:"我说跟坐火车一样……"又问的拿:"你是怎么发现它的？"的拿："鬼使神差！以往我没往北边走过一步！"鸿导："为什么？"的拿解释说："北边绿篱太密不好进去！"鸿导感慨万分："没想到向北一步有惊喜！"说着，毫无预兆地举起手腕晃动起来，并现编现唱了一段神曲："惊呀，惊呀！喜呀，喜呀！"的拿："至于嘛您？"鸿导停止歌唱："我高兴！哎？它的脚能横过来吗？"的拿："能，找这卡子就是干这个！"鸿导："不愿意怎么办？"的拿："可以说服啊！"的拿以双手学着正常人走路的样子："这多好！"随后，又将前后闸的闸提溜、闸拉杆连带前曲拐全给卸了下来。

鸿导："白天看得怎么样，有立功的迹象吗？"的拿："没有！咱呀，先回去一趟，一会儿再上那边去！"它说的那边指的是车棚。鸿导："不能再放我那儿了啊，我那地儿太小！"鸿导平时不怎么干活儿，今天非要尝试一下，而且还专门挑"大"的，这样做是想增加一点名誉会长的名誉含量。它费力地将闸拉杆儿和前曲拐连体放到左肩上："我试试，起！"的拿怕它扛不动伸手帮着托了一下，并问它："拿得动吗？"鸿导右手攥着拉杆，左手放在腰间叉腰助力："往家拿还有拿不动的？向你学习！"的拿心里说：你比我还能概搂。见鸿导走路直打晃，的拿赶紧让它放下："给我吧！"鸿导不言放弃："咱俩抬着，这多像个大刀啊？"看到地上还有个闸提溜，便对的拿说："带上！"的拿又将闸提溜也带走了。

播出机房里，门钉问铁蛋糕："这小孩怎么样？"铁蛋糕："十几岁还是太小，应该扔到工厂里干几年再说！"门钉："这个我有发言权！鸿导说搞技术的动手能力是基础，又分为国家队和民间队。"铁蛋糕："鸿导懂得还挺多！"门钉："那是啊！鸿导是教授级精灵！"铁蛋糕："精灵也有级别？"门钉："有啊！

鸿导是教授级，主任是工程师级！"铁蛋糕："你呢？"门钉："我白丁级！"铁蛋糕："我呢？"门钉："单一体的都一样！"铁蛋糕："你也喜欢这类的？"门钉："这都是我看剩下的！谁不喜欢，做得到吗？"铁蛋糕："那你甭理我了。"说着转身要走。门钉："别走！时间差不多了，我给你们留作业，小节子，过来。"一听门钉喊的是"小节子"而不是"试验品"，小椅子感到非常意外，高兴地哼着《地道战》歌曲走上前来："班长，你说。"门钉较为严肃地说："你有什么呀？"这口气让小椅子以为自己做错了什么："我怎么了？"铁蛋糕："是啊！"门钉鼻腔里哼哼两声："你没怎么，作业就是这么问的，你有什么呀？五个字加一问号！"铁蛋糕和小椅子对视一眼，认为它的语气有问题。门钉："听着别扭是吧，我也一样！我上学第一天鸿导就这么问的，我到现在都没答上来，把面条都问哭了。"铁蛋糕："这叫什么作业呀？"门钉："甭管！让你写你就写！"小椅子："拿什么写？"门钉："脑袋呀！"小椅子："没见你写过作业呀？"门钉亮出"拳头"："再说？没看见我刻小红花啊？"小椅子恍然大悟："噢……写不出来急的……"说完把脸转向车铃，铁蛋糕也想起自己问过的"还会雕刻"。

门钉留的作业确实不好写，声音小了像反省，声音大了又被认为是傲慢无礼。两个精灵你一言我一语：你有什么呀？你有什么呀？不同的腔调不同的效果，听着跟吵架一样，门钉听了"直挠头"："那边去！小心当堂交作业！"

鸿导和的拿再次出来，直接来到已是面目全非的自行车棚，它们对自行车的遭遇非常感慨。的拿："自行车可是给国家立过大功的，一白天的工夫成废墟了！"鸿导："怪不得你说难过，本来就风餐露宿的，现在又成野生的了！"两个精灵没听到像上

第三章 喜出望外

午车铃那样的求救也没敢走得太远,一是对现场环境有顾虑,二是也快到接"学生"下学的时间了,仅在车棚的断壁残垣中捡到一小截链子和几个闸提溜。的拿看到鸿导身后有一些钢珠,便提醒说:"别踩着啊!"鸿导抬脚看了看也没理会。

在从车棚回台阶下的路上,一只白猫正由北向南从台阶外走过。也许是心情太过轻松也许是觉得新鲜,鸿导随口说了一句:"这么小就长胡子了?"声音不大但忽略了猫的听力。当它俩快要接近绿篱时,那只已经跑出十几米的猫又返回来了,鸿导有些害怕:"你说我招它干吗呀!"的拿将链子攥在手里,安慰鸿导说:"没事!"那只猫跑回来看了看它俩:"你们怎么长这样啊?"鸿导一时紧张,慌不择词地问白猫:"遛弯呢?"白猫眼睛一蓝一黄,它歪着头看了一会儿:"真是稀奇古怪。"说完,转身向南走了。鸿导:"我以为它要干吗呢?"

两个精灵穿过绿篱还没到窗户前,鸿导忽然不走了,眼望着北边神秘兮兮地问的拿:"我当时有点紧张,猫第一句说的是什么?"的拿:"好像是……怎么长这样啊?"鸿导伸出右手食指:"听出来了吗?猫还见过跟咱长得不一样的。"一边说一边手指螺旋式上升,"……那样儿的!"的拿:"是不是……还有惊喜?"鸿导用肯定的语气拉了个长音:"哎……"的拿:"不会也是几个车铃吧?"鸿导:"管它是什么呢?只要有,凑4个就能演芭蕾、够100就能大合唱,走!"的拿担心错过接学生:"那仨学生怎么办?"鸿导:"丢不了!咱现在缺人我还要说几遍?5分钟就回来了先去看看!"刚刚走出台阶鸿导突然又停下了,眼望着车棚废墟说:"赶紧!把那些钢珠捡回来!"的拿不知它的用意:"干吗用啊?"鸿导:"甭管啦叫你去你就去!"

时间来到最为难熬的凌晨4点,能睡的睡不醒,失眠的才睡着。

门钉调转身体看着管道路，一副六神无主的样子，稍有动静就会"前倾"身体看个究竟。平时3点多钟就会有"人"来接，今天这是怎么了？再看看那俩"没心没肺"的更是来气：看电视都看入迷了！它一直盼着、忍着，时间接近7点时，门钉再也忍不住了，一个"箭步"来到小椅子跟前："干吗呢你们？就知道看！"铁蛋糕知道它烦躁的原因："没人接又不赖你，瞎叫唤什么？"门钉在电视上看了看时间，凭经验，它认为白天不会有人来接了，便对其他两个精灵说："你俩想看什么就看什么，咱各自为战！"铁蛋糕高兴地说："行，不走才好呢！"

早7点过后节目内容渐渐丰富起来，早新闻摘要播出了昨晚新闻的一些重点，其中一条引起了3个精灵的共同关注。

这是一个援引新闻，在说到国产武器进步的必要性时，铁蛋糕头上火花上升又下沉，惊呼："装备因素在上升！"小椅子同样迸出火花，激动地说："是重要性在上升！兵来可以将挡！"铁蛋糕："水来可以土掩！"门钉火花冲顶随口答道："豺狼来了有猎枪！"铁蛋糕："报告班长：作业做完了！"小椅子："快给我们打对勾！"门钉："什么就打对勾啊！上过学没有？"铁蛋糕："你自己都说'有猎枪了'！"门钉如梦方醒："噢……就是反制手段哪？我就没往那儿想！"就在3个精灵庆贺作业完成时，小垫圈从铁蛋糕身上挤出来飞走了……

小垫圈虚形白影从东台阶下飞出来，看到了悬停在台阶附近的漏勺船和父母兄弟。漏勺爸爸："来，上来！"漏勺妈妈："可以走了吗？"哥哥大垫圈："等你半天了！"

小垫圈飞到船边没有上船，而是说："爸妈，我想跟着一个车铃的思维落地不想走了！"大垫圈："跟谁？"小垫圈："一个车铃，它想有手有脚有翅膀！"漏勺妈妈眨眨眼："你是跟着落地还是帮着落地?"小垫圈思考了一下:"帮着!"大垫圈:"那可难了,你得从小天应晋升为小神助!你问爸妈同不同意吧?"

在闪念家族,不论哪种方式落地都是一件非常光荣的事,如果能帮着落地船上是要写上"先进家庭"的,只是漏勺船好多年没被提名了。漏勺爸爸属于话少希望大的性格,它问小垫圈:"落不了怎么办?"小垫圈:"它有两种想法第二种非常难,但我想试试!"看到儿子坚持要留下,漏勺爸爸鼓励孩子说:"那就好好帮,落不下再回来!"漏勺妈妈:"听见了吗?回来!"小垫圈:"谢谢爸妈,我一定会尽全力的!"说完,抬起一侧垫圈向父母兄弟道别,然后义无反顾地向台阶下飞走了。

二垫圈:"放走了一个爱干活儿的!"漏勺妈妈恋恋不舍地说:"它从小崇拜想象力,捞它的时候可不容易了!"漏勺爸爸:"开船了啊!"漏勺妈妈:"开吧,又没人拦着你!"漏勺爸爸:"嘿……真是的……"漏勺船缓缓启动开走了。

3个精灵各自待在自己的看台上,门钉兴趣广泛浏览众多,搏击散打也能看得津津有味,小椅子继续关注老电影。而虚形白影的小垫圈则待在铁蛋糕身边,与它一起关心机械设备是怎么来的。

争奇斗艳的电视墙让人眼花缭乱,各人可以寻找自己需要的。一个屏幕上出现《科技新时代》时,片头上出现了一辆高速飞驰的汽车,这本不足以吸引铁蛋糕。但是,汽车在由远而近转弯后突然改变播放格式了,改成延时拍摄慢动作特效播放了。只听"哗"的一下,所有的汽车零部件都以特效的方式四散开去,车体、车门、轮胎、引擎盖、发动机、驾驶室、大大小小的油管螺丝铺天盖地,只有驾驶员傻傻地悬在半空中,让人一下想到举头三尺有神明。就在汽车停稳的那一刻,零件又在画面

中集合起来恢复成了一辆完整的汽车。

这个片子的震撼力不亚于铁蛋糕之前看过的机器人，它初级涉及了物品是"怎么来的"，强烈的视觉冲击，让天生喜欢内部结构的小垫圈热血沸腾，它假借铁蛋糕铃体主动走向小椅子："活不了了！"小椅子："又看见什么了？"夹杂着对机械结构的认识和崇拜，"铁蛋糕"把自己看到的节目跟小椅子说了一遍："我知道我以后想干什么了……"

一天的时间说快也快，眼瞅着上夜班的人都来了，门钉下意识地又往管道路看，见没人也就不再张望了。11点左右管道路上传来了脚步声，声音先急后缓，等门钉转身去看时，鸿导已微笑着走了进来，嘴里说着"等急了吧……"头却向后扭了一下，门钉的眼睛大睁了一下赶紧出去了。

鸿导走向小椅子，见它想站起来，连忙伸手"摁"住了，对它说："不用起来有点事来晚了，蛋糕。"铁蛋糕说了声："鸿导好！"便走了过来。鸿导眼放金光关心地问："时间有点长了，坐得住吗？"小椅子和铁蛋糕同时说："坐得住！"鸿导："其实连一天都不到呢！人类读小学就得6年，我第一次待了一个星期……"铁蛋糕："我们也要求一星期！"鸿导："没问题！"铁蛋糕："《天工开物》的'天工'是指老天爷吗？"鸿导："不是！天工指的是一种高级思维。门钉留作业了吗？"铁蛋糕本就面向第一看台："留了，哎，它人呢？"鸿导："甭管它了。"两个精灵先后把题目和答案说给鸿导。鸿导："门钉也能答出来说明题目并不难！答案嘛……你们仨答得都对！"鸿导这边话音刚落，铁蛋糕立马认真地说："我们申请加入看会社！"鸿导："荣誉的不用申请，到了这儿……就已经是了！"小椅子："正式的呢？"鸿导："正式的得找主任，它主抓技术。我们没有上学机会只能把电视当书看,你们要在看的过程中,发现能使你们眼前一亮的天生喜好点!"铁蛋糕:"班长说我看得眼睛都拔不出来了。"鸿导:"那就对了,最早我也这样!受启发没有?哎,对了!……我给你捡了一堆钢珠你体验一下!"铁蛋糕:"撒豆成兵!"鸿导:"对这是给你的实物奖励!"铁蛋糕不好意思地说:"我那是吓唬门钉的!"鸿导:"也吓着我了,那可不是白说的!"

鸿导对撒豆成兵的态度,从"不是乱说的"到"不是白说的"前后发生了180度转变,而且从一进来眼睛就一直放着光,尤其是看铁蛋糕。鸿导一手揽住小椅子"肩头",一手轻轻搭着铁蛋糕的铃脚,不苟言笑地说:"从你说完后我一直在思考,撒豆成兵虽然没有意义却非常诱人……"说着,用食指、中指和无名指轻轻拍了拍小椅子的座子面:"看见小节子了吗?如果你深入地去想,它,不就是另一种形式的撒豆成兵吗?只不过它是主任劳动叫来的,而不是那么叫……叫来的!"铁蛋糕:"是,谁要那么叫能叫来它,就不在这儿待着了!"鸿导先说:"没错……"又略带严肃地说:"有点事需要门钉单独解决……"两个精灵:"班长怎么了?"鸿导没想到这个临时委任被认可了,它先张了一下嘴"呃"随后:"班长也算干部,这么叫也行!你们的班长要先走一会儿,我也得走。你们愿不愿意再多看一会儿?回头我再来接你们!"小椅子:"我愿意!"铁蛋糕:"我也愿意!"鸿导笑着刚要走又突然站住了,对铁蛋糕说:"哎,对了,我打算让主任'咔咔'两下先帮你把脚横过来,其他的一步一步来!"没等铁蛋糕说愿不愿意,鸿导转身走了。

鸿导走后小椅子去了第一看台,车铃可以在另外两个看台之间挑着看了。小椅子又陆续看了几部经典老电影,铁蛋糕则对机

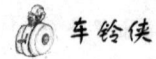

械结构更加着迷。

第二天凌晨2点多钟,鸿导和的拿一起来到演播机房,一人照顾一个,把两个单一体精灵接走了,选择的路线是鸿导来时走过的管道路。

的拿曾说自己还没想到一,鸿导就想到二了。今天这个例子,一方面说明术业有专攻,一方面说明鸿导思维敏捷,它能从猫的只言片语中嗅出不一样的信息,这也是的拿的工作室为什么取名"一加二"的原因之一。

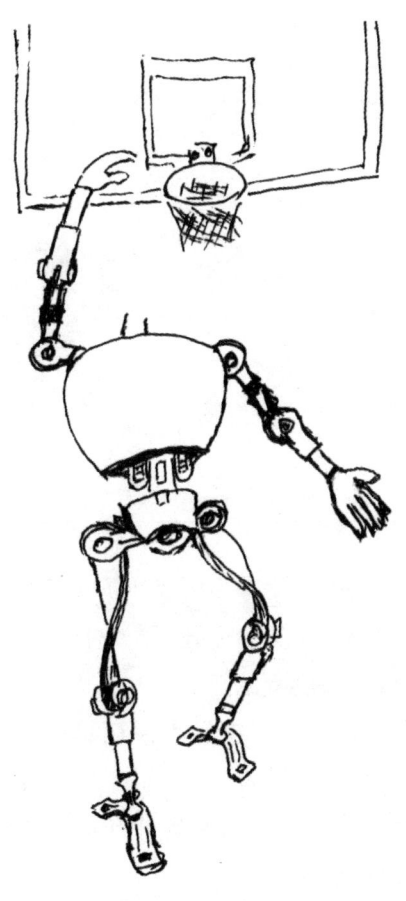

第四章　欲速则不达
Chapter Four

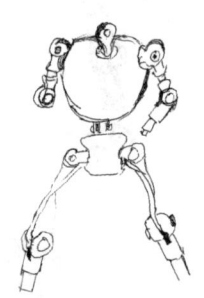

1. 玻璃罩

回到2号库不久,鸿导和的拿就匆匆离开了。它俩一走,小椅子就来问大椅子:"椅子叔,怎没看见门钉啊?"大椅子装傻充愣假装听不懂:"啊!你说什么?"铜锣不说话难受却明知故问:"面条好像也没在?上哪儿去了也不说一声!"小椅子再问大椅子:"问您它们去哪儿了?"大椅子答非所问顾左右而言他:"这么快就走利索了?真是好小子!"

铁蛋糕走到防潮层喊了几声班长没有得到回应,自言自语地说:"真的哎,说是有点事先走了,这是走哪儿去了?"大椅子选择性地听懂了:"还能当班长呢?是不是特假积极呀?"两个精灵没理它又来找小跑驴,小跑驴毫不隐瞒地说:"混合去了!从今天起,它俩就不能再领小红花了!"混合不就是进步吗?铁蛋糕:"我能看看去吗?"小跑驴:"人家说不让!"铁蛋糕:"我就站边上！"小椅子"拼命"点头，小跑驴："站哪儿也不行！人家说龇牙咧嘴的不好看！"铁蛋糕："您见过？"小跑驴："没有！"小椅子："在哪儿啊？"小跑驴："不知道！"

铁蛋糕转身就往提示牌跟前走，那是它唯一可以出去的路："借光儿，我出去看看！"提示牌"双腿"叉开挡住出口，语气软中带硬："不许！奉上级指示禁止你出入！"铁蛋糕："为什么？"提示牌："问主任去！"大椅子嫌它口气硬："嚯，瞧这脖子晃的，可有点权力了！"提示牌绰号蹲门雕，对有些词汇非常敏感："说谁呢？"大椅子："说老鹰哪！你是啊？"提示牌反击说："你狗嘴吐不出象牙！"

不让自己出去看混合，让铁蛋糕对提示牌非常有意见，正在它气呼呼地无计可施时，听到小跑驴在身后喊它："蛋糕，鸿导说给捡了几个钢珠！"听见说有钢珠，铁蛋糕暂时把看混合的事儿放在了一边，它转回身："说有一堆是吗？"小跑驴："哪有一堆呀？七八个、八九个吧，还有几个零碎儿一块放高压锅边上了！"铁蛋糕说声"谢谢！"高兴地走到跟前一看，愣住了，不仅有朝夕相伴的闸提溜、闸拉杆，居然还有束缚自己多年的"枷锁"铃卡子！铁蛋糕不禁向着铁箅子方向看了一眼：如果说铃卡子是有形的枷锁，那铁箅子就是无形的玻璃罩……

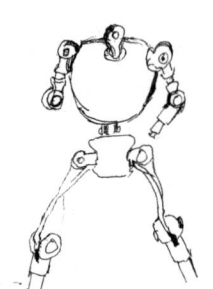

2. 阴错阳差

演播室顶层的蜗居里,门钉和面条已经升级完毕,两个"人"看上去非常孱弱,此时正在闭目养神。门钉个儿头较大,躺在地上的报纸上像个"巨人"。面条体态娇小,被放在了鸿导的"写字台"上。

昨晚,它俩先后按照鸿导的秘方完成了混合。既然混合是早晚的事,为什么要这么急呢?是因为铁蛋糕吗?不全是,这时的盒尺精灵还没把铁蛋糕当对手,真实的原因,是鸿导在猫的问话中读出了一个信息,放弃了"接学生"后,于当日凌晨连拉带拽地"抓获"一个异类精灵,这让鸿导兴奋不已:"我判断得没错吧?一耳朵就听出来了!"的拿:"真没想到还有长成这样的?绝了!"鸿导:"它一个人顶四个功劳记在你身上!我想了一个'快马计划',让那俩赶紧升级,我们要开启一个新的事业!"

第四章　欲速则不达

　　在鸿导看来，混合升级很简单，只要按照已知步骤做就行，为什么非要把简单的事弄得那么复杂呢？原因是宇宙台的宇宙结构容易让人产生错觉。

　　一层地面和地下室结构相近都是圆的，但从地下室相邻不到10米的两个楼梯上来后，距离却相差了几百米。一般人，如果你从宇宙台的副主楼进来，有人问你咖啡厅在哪儿，你一定会说：左边。但如果要问你老的咖啡厅在哪儿，你一定毫不犹豫地说：右边二楼。实际上，现在的咖啡厅是在老的咖啡厅右下方，若把服装科夹道那堵墙刨开，走过去就是录音厅夹道。地面上的一堵墙让人觉得路很长，地下相邻的两个楼梯又让人觉得近在咫尺。别说是鸿导，即便是一些老职工也未必知晓，鸿导的错觉就是这么产生的。

　　鸿导认为错觉是大自然赐给它的礼物，为了维护错觉带来的奇异效果就必须有针对性地培养错觉意识，2号库通观两个楼梯近可舍、远可求是非常理想的培养环境，可以说是盒尺类精灵的摇篮。门钉和面条是的拿从1号厅"捡"来的，鸿导备感珍惜！为了培养错觉故意灌输直觉，人为地将求学之路变得艰险崎岖，安全措施就是避开人类活动高峰期。

　　混合开始前，的拿站在2号库门外，神色慌张地指着10米外的另一个楼梯说："走！到那边我跟你说点事！"门钉随着的拿来到楼梯下神情紧张地问："怎么了？"的拿指着自己的嘴说："鸿导被铁蛋糕打得吐舌头了！"门钉惊诧："为什么？"的拿煞有介事地说："它一听你提前走了就说鸿导有偏有向！"门钉似有所想："是用铃把儿扫的吗？"的拿："可能是吧！现在，我去抓铁蛋糕你去保护鸿导，它现在正躺在楼梯外一拐弯的地方，你3秒钟之内必须赶到！"门钉不敢怠慢，伸尺钩准确地攀住上一段台阶的护栏,"嗖、嗖"两下就到了台阶平面。楼道门是开着的,出来向右一看是一堵墙,再向左看是个夹道:"哟?"它不仅看见了面带笑容的鸿导,还看见了"小卖部"3个字。

在长时间的灌输中,门钉已经有了根深蒂固的印象:小卖部离2号库大约400米,自己至少要用10分钟。"怎么换个楼梯就……"接下来发生的一如鸿导所经历的那样,只是面条先于门钉而已。

这个由错觉导致的突变,或许是视觉本身与宇宙结构中的某种神秘力量发生了搅拌纠缠,使宇宙台的正一层和负一层之间产生了一个看不见的小宇宙。它们常常以小旋涡的形式出现在楼道或者地面上的折角处。处在楼道口的弱阳与地下室上行的强阴发生缠斗,无意加无意,阳末压阴初,阴阳缠斗在地面上形成了平行旋涡。小旋涡属于常见现象对人无害,不常见的是那种像刨花一样翻卷回旋的竖行旋涡,这股向前的翻卷力让门钉有一种濒临晕厥的感觉,它看到了一个相反的候播大厅,头脑中拼命地追忆自己是怎么到这儿的,省去的时间也不知去了哪里,发生在盒尺精灵身上的不一定发生在别人身上。

"哧啦啦啦啦……"养精蓄锐的门钉,忽然四肢像竹笋一样快速向外"生长",腿一下子伸到了蜗居外边。鸿导担心地说:"这要蹬一脚还了得?"的拿:"干吗呢这是?"鸿导:"长个儿!这是咱们盒尺精灵最脆弱的阶段,一定不能让外人知道!"的拿:"我也这样吗?"鸿导:"都一样,只不过你没见过我的!"正长"身体"的门钉四肢活动得毫无规律,东一脚西一拳把个小小的蜗居搅得是不得安宁。

鸿导一边招架一边对的拿说:"连打把势带抻筋!赶紧把它

第四章 欲速则不达

和你这些'宝贝儿'全拿走!"的拿:"行。下一步怎么办?"
鸿导:"一定要看住它……"

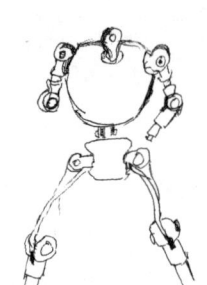

3. 弄巧成拙

2号库里,铁蛋糕正在向小椅子讲解闸提溜和闸拉杆在自行车上的作用:"这都是我那辆车上的!捏闸的时候这个把那个带起来,'嗞儿'的一声车就停了。"小椅子:"那你呢?"铁蛋糕:"我开道!'马路窄车又多带人的同志请下车,各行其道有章法一慢二看三通过'……"铁蛋糕一边说一边用前脚拨弄起了钢珠,娴熟的"盘带"技巧不输一个足球运动员,这可把已经行走平稳的小椅子"馋"坏了,向后走了几步说:"我给你守大门吧!"铁蛋糕:"别呀,打一下齁疼的,你跟我抢吧!"铜锣听到声响趴在沙发A扶手上着急地说:"往这边点,我给你们当裁判!"小椅子将"球"带到大椅子和沙发A扶手之间,大椅子先是怕踢着自己主动起身挪到了一边,还对小椅子说:"看你俩谁能把谁涮一跟头!"铁蛋糕和小椅子你来我往玩起了抢球游戏。

第四章　欲速则不达

　　铁蛋糕左踩右踩将"球"护在脚下，小椅子"功夫"稚嫩总是扑空，偶尔还会踢到铁蛋糕，铜锣在沙发上尽情地解说。

　　大椅子挪了地方看似漫不经心实则正在做着"美梦"。美梦中，小椅子的颜色是黑的，不仅"球"技过人而且能力"超群"，在小椅子面前，铁蛋糕就是一个连球都碰不着的"弱智"球员。此时，铁蛋糕在向右侧拨球时不慎将球踩进了脚窝，被小椅子一脚踢翻滑向了大椅子："哎哟！"大椅子下意识地起身挡了一下，小跑驴："别踢了，再踢着谁！"铁蛋糕翻身站起，带着"球"走向防潮层。

　　大椅子叫住小椅子，问："大侄子，像你这种改造的，适应环境难吗？"小椅子："有人帮着就不难！"大椅子："噢……知道了，还有一个，那电视都演什么啦？有眼熟的吗？"小椅子："有，有个敲锣的说'平安无事哦'……"铜锣拎绳向后一甩："讨厌，以后别在我跟前说敲锣啊！"虽然此锣非彼锣，但铜锣听了依然不高兴。大椅子先说铜锣："你就是挨敲的脑袋……"然后又问小椅子："看见我了吗？我也经常上电视！"小椅子："不确定哪个是！"铜锣："它都没明白它是干什么的！"大椅子："我干什么的？我承接地球引力的！我经常参加访谈节目，开拍前都是整身的！"铜锣："那嘉宾坐谁身上了？不是你吗？"大椅子对准磨盘边上的雨靴就是一脚，把原本弯曲向下的雨靴腰筒踢得直立起来："嘿，弄我一个好砖垒厕所……默默无闻！"提示牌向前挪了两步又退回了原地："我呢？"铁蛋糕："你满大街都是，有比你大的有比你壮的！"提示牌："它们不能折叠！瞧咱？立正稍息玩似的……"道具算是半个电视从业者，对自己曾经出演过的节目非常在意，渴望别人能经常在电视里看到自己……

的拿出现在屋顶上的管道上，手里、包里带了很多东西，它受鸿导之托前来"慰问"大家。刚要下来又听见大椅子在说："大侄子，还演什么了？"小椅子反问道："我们班长以前没说过吗？"大椅子："它？它哪有正形啊！"小跑驴："你怎么这么说人孩子呀？"大椅子："得……我破嘴，行了吧！"小跑驴又问小椅子："你俩喜欢什么呀？"小椅子不假思索："我喜欢黑白老电影！"铁蛋糕则表现得非常亢奋，回沉的小火花此起彼伏："我喜欢机械制造的！有一辆汽车开得飞快，刚拐过来就'咔'的一下全分解了，连皮带瓢那叫一个震撼！昨天鸿导问我有了手脚干什么？这回我可知道了：我要开一个废品站！"一听铁蛋糕要开个废品站，2号库的道具们不禁失声笑了起来。铜锣："真不愧是家雀看大的！"大椅子："主任不得跟你玩命啊！"铁蛋糕："我不收破铜烂铁我拆汽车！我要把拆东西的瘾过足喽！"的拿悄悄伸头向下看了一眼，看见了亢奋状态下的铁蛋糕，它把眼一闭不知想了些什么。

　　正当大伙说得热闹时，的拿从货架上下来了。小跑驴："又干吗来了？"的拿伸手亮出手里的睫毛膏："做保养来了，看！"小跑驴："太阳从西边出来了，这都说多长时间了？"的拿笑着走向小跑驴："这不得攒一段时间呢……"说着，从包里拿出一个小毛刷："得这俩凑齐了才行。"说着，用睫毛膏和小刷子将小跑驴的睫毛挑了起来："嘿，瞧这俩大眼睛！"小椅子："睫毛变长了！"小跑驴："去，别捣乱！"的拿又顺便量了一下它的腰身："还是没长！"小跑驴："长了就是受潮了，得亏有个通风口！"的拿转向大椅子："老七！"大椅子看见的拿手里的半块毛巾还算干净，但想到自己身形硕大又马上拒绝了："我不用！"的拿："这毛巾干净的！"大椅子："我知道，我一人顶它们十个擦完别人就别用了，抽空找你聊聊！"的拿："等忙完这阵！"在擦拭小椅子时，小椅子问的拿门钉现在干吗呢，的拿说正休息。对提示牌除了清洁，的拿还特地测试了一下它的腿的夹合力："稍息，立正！"

铁蛋糕一直前后左右地追着的拿，以为随时可以轮到自己，可的拿偏偏有意跳过它，擦拭完提示牌又去找铜锣，指着它的提绳说："给你抹点发蜡，带香味的！"铜锣略有躲避："不会是面糊吧？那可招蚂蚁！"的拿用小刷子将拎绳起毛的地方抹上发蜡，然后捋直："不错！"铜锣试着向后甩了一下："怎么甩不动了？"提示牌说："定型了！"铜锣："好看吗？给我也照照！"提示牌有配合也有小动作，弄的铜锣差点失去生活勇气："我怎么是椭圆形的了？驼背好像也比以前厉害了！"

看到大家都弄完了，铁蛋糕满怀希望地说："该我了吧？"没想到的拿却说："没你的！""啊？"铁蛋糕被的拿噎得一时不知如何是好："没我的……"的拿转而面带微笑，举着睫毛膏和发蜡说："你不需要这个！你需要直接大保养！"边说边从挎包里拿出一个小包装的清凉油小圆盒，双手抠了半天也没抠开，自言自语地说："怎么这么紧呢？"小跑驴："你拿清凉油干吗？"的拿举起清凉油盒给它看："里边装的是黄油，黄油知道吧？抹到它轴碗儿里让它身轻如燕。"又故作姿态地说："怎么拧不开呀？干脆这样得了……"说着，把清凉油盒装进挎包的同时，说："干脆你跟我上楼吧，走！"说完把手伸向铁蛋糕，没想到铁蛋糕向后一跳躲开了："别呀！"的拿一愣："你不去？"铁蛋糕："我觉得现在挺好的，如果抹了油可能就一头儿沉了。"铁蛋糕的回答令的拿大感意外，它有些尴尬："没听说过！你是怕我拧不回去是吗？"随手拉住小椅子："这手艺不是假的吧？

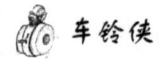

我就拧开一个，拧有轴碗儿的那边。"

铁蛋糕内心十分矛盾，让拧吧怕伤了自己，不让吧又怕伤了的拿的面子："我都习惯这样了。"的拿暗中动用私权："我这会长可不是名誉的啊！"一听的拿这么说，铁蛋糕有条件地妥协了："那您就在这儿拧吧，少抹点，鸿导说的把脚横过来也算了吧，'咔咔'听着瘆得慌。"听到铁蛋糕说"咔咔听着瘆得慌"，的拿仿佛有所领悟："你担心这个呀？好说！那就不换了，我给你琢磨个全身的！咱这样……"说着，重新拿出清凉油盒并轻易地打开了："说抹一点儿就一点儿，来，这边视线好！"

的拿将铁蛋糕带到了2号库最亮的地方——灯下。它上边是灯、左边是沙发、右边是大椅子、背后是小跑驴。它让铁蛋糕面向自己，用左手别着左边的铃盖，用右手去拧右边的铃盖，但无论怎么用力就是拧不下来，急得它脸上都"冒汗"了。突然，左手一滑把左边的铃盖带松了，不仅松了而且还"叮铃"一声倒转着下来了，铃盖里"躺着"一个三片相叠的"小垫圈"和一些黑磁粉。"什么呀，这是？"的拿第一反应非常快，趁别人还没看见伸手就把"垫圈"攥在了手里，并让手心朝下把手腕搭在了铃盖边缘，大拇指暗中挑开挎包盖子。突然，一个声音闯进了它的"耳膜"："有人比你还会捡！"而自己曾经信誓旦旦地说"不该捡的绝对不捡！"正人先正己，它装作若无其事的样子将手从铃盖边缘轻轻向后一抹，既张开了手又能让垫圈回到原处。

的拿羞于名声不好强拿但又觉得不拿难受，矛盾之中想到了一个办法：如果不影响它什么我就拿走！它将小垫圈重新拿到手里举到"侧身而卧"的铁蛋糕面前："这东西你要吗？"铁蛋糕有点莫名其妙："什么呀？""垫圈！"的拿只说了物件的名字并没说物件从哪儿来的，铁蛋糕不知道这是自己铃体里的，所以

第四章　欲速则不达

也就拒绝了："我没要过呀！"的拿心中狂喜："那行了！"这样，它就名正言顺地把小垫圈揣进挎包里，为了不使别人再起疑心，它赶紧把铃盖、螺母、对螺杆装了回去，并自言自语地说："还是英制的螺丝哪，白费劲了！"小跑驴在身后："我看你是吃饱了撑的有劲没处使！"铃盖复原后铁蛋糕有点高低眼儿了，逗得大伙哈哈直笑，的拿心中不免打鼓：调整一下试试。经过的拿的一番调整，铁蛋糕的高低眼儿问题解决了，也没有出现走不稳的新问题，的拿放心了，叫过提示牌说："老牌，过来让它照照！那什么，那些零件呢？"小椅子说在高压锅边上。

的拿伸长手把昨晚拆卸的零件拿到跟前，核实了一下数量后说："这个我全带走！"铁蛋糕："不给我留一个？"的拿："你说哪个有用？"的拿冷不丁这么一问倒把铁蛋糕问住了，它囫囵地猜着说："轱辘、链子、脚蹬子……"的拿："说这儿有的！"铁蛋糕："这儿……我觉得闸提溜最有用！"的拿："为什么？"铁蛋糕："承上启下呀！"的拿点点头："我也认为是，鸿导跟我说了，钢珠……给你留下吧。"

的拿将带来的保养用品和其他自行车零件一并收拾起来，把挎包撑得是鼓鼓囊囊，但闸拉杆和前曲拐它还得提溜着。铁蛋糕："什么时候再上学呀？"的拿停顿了一下："你还用上吗？"铁蛋糕："用啊！"的拿："这两天忙，过几天吧，兄弟们我走了啊！"临走时，小跑驴叮嘱的拿："别忘了答应我的事儿啊！"的拿："放心吧！"说完借着货架子上了管道路。

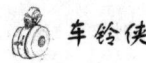

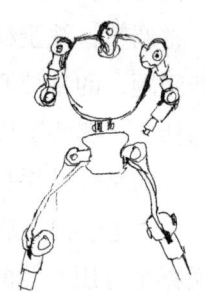

4. 事与愿违

蜗居里,门钉和面条正在适应各种高度下的身体平衡,面条出落得小巧玲珑甚是可爱,招牌式的抿嘴笑格外迷人,即便是在修养,嘴角上流露的表情也是多姿多彩。门钉体格高大尚显笨拙。

鸿导的细条眼半睁半闭,似在养神也似在冥想,一有动静便睁开一下,当有脚步声传来时,它把整个脖子都延长出去:"是你吗?""是,接我一下。"

蜗居里的照明方式已由小台灯改为了小壁灯,鸿导开灯一看不是自己想要的,接过来扔到了地上,睁大了眼睛问:"铁蛋糕呢?"的拿说:"甭提了,今儿可现大眼了,摸都差点没让摸一下!"鸿导:"什么理由?"的拿:"怕我把它按这儿强行换脚,可笑不?"鸿导:"不可笑啊,还说一叫就来吗?"的拿拍拍挎包故作神秘地说:"别急呀,它不来它身上的东西可来了,让你

第四章　欲速则不达

瞧瞧……"边说边将手伸进挎包翻找。鸿导："什么呀？"的拿眨着眼睛"唉"了一声，然后敞开挎包向里观看，又自言自语："哎，我装里了……哪儿去了？"鸿导急脾气再次催问："什么呀？"的拿摘下挎包底朝上使劲地抖搂："它身上的，一个连在一起的圈儿、圈儿。"鸿导："圈儿、圈儿？酸不酸呢？"的拿左翻不着右找不见恨不得把头扎进挎包："我明明就放里边了……"它赶紧把自己拆卸铁蛋糕的过程说了一遍，并再次重申放进了挎包里："我绝对放进去了！"鸿导："我要看的是轴碗儿！"的拿："有轴碗儿的这边拧不动！"鸿导："打嘴了吧？咱可能小看它了！"的拿："确实！你知道它说它以后要干啥吗？它要开个废品站，把拆东西的瘾过足喽！"鸿导："它还说它羡慕你呢，羡慕你的动手能力！"的拿谦虚地说："咳，似我不如无，它还问哪天上学，我说过几天再说。"鸿导："回得好！咱现在没工夫管它，除非它能把它们的进步秘方弄来。"的拿："弄来我就省事了！"鸿导："甭想！"的拿："为什么？"鸿导："你是你，它是它，咱是两手准备双管齐下，该你劳动叫来的……你还继续接着叫，谁也甭想为难咱，没它还不做槽子糕了呢！"的拿："两条腿走路好……"说着，从挎包里拿出闸提溜："它说这个是承上启下！"鸿导向斜上方看了一眼，似是在和什么东西做比较："没错！没这个它们就没脖子！这样，门钉要赶快适应新环境，争取帮着把那个掌握秘方的弄来，谁弄来谁立特等功！"的拿："您不去呀？"鸿导："我是发奖的，鼓励的是你们！"的拿："那我就再出去捡点儿零件！"鸿导："可以，万一用得上呢，我要不是写剧本我也跟你去了！"

正在一旁适应身体的门钉忽然用虚弱的声音插话说："哦，我忘了说了，主任就能演青蛙……"鸿导："主任能演？说梦话呢吧?"门钉:"没有,这是铁蛋糕说的,它说它看见主任为躲脚蹬子趴下过……再往后坐时像青蛙!"鸿导看向的拿:"有请!"的拿悟性很高又非常敬业,鸿导让它示范它也毫不推托,先跪后趴双手支撑在地,就是我们说的俯卧撑准备动作:"差点砸到后脑勺!它说什么时候像?"门钉:"双臂弯曲手指相对,屁股后坐膝盖折弯……"的拿不仅学着做了,而且还额外地把"舌头"弹出去学了一个青蛙的捕食动作。

"天哪!"一个相似度极高的青蛙形象赫然展现在鸿导面前,它问的拿:"它是怎么联系到一块的呢?你当时没注意?"的拿:"我当时只顾趴下了!"鸿导没有责备的拿反而责怪自己:"这个我有责任,我平时看着挺精的,结果出了那么大一个纰漏,换脚计划取消了,你起来吧。"的拿起身问鸿导:"那是不是让它就这样了?"鸿导:"不会,咱得好好琢磨琢磨了……"又对门钉说:"你以前没事迹我不能表彰你,这次有了,你汇报及时,直接嘉奖一次!"门钉:"不是小红花吗?"鸿导:"你长大了!小红花记在你的成长记录里以后就没了!"的拿:"大人有大人的奖,你应该瞄着那个三等功!"鸿导:"一等!在这儿一可比二大。"

奖励等级是鸿导用来调动下属积极性的,而它说的"一定要看住它"指的是铁蛋糕而不是抓到的异类精灵。它本想通过研究铁蛋糕、了解铃盖在自行车精灵整体中所起的作用,尤其是思维是怎么来的,结果的拿的"青蛙"形象不仅让它重新审视起了铁蛋糕,也让它对"看"又有了新的认识。当晚,的拿又去了一趟存车处,又在清理过的废墟中捡了一些遗落的零件。

第四章　欲速则不达

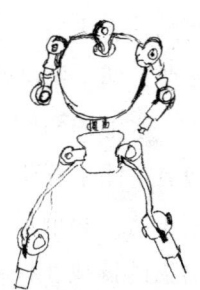

5. 节外生枝

　　第二天早上 5 点多钟天还不是太亮，门钉跟着的拿从台阶下的窗户里走了出来，门钉的身体还没"发育"到最佳状态，还对金属的热胀冷缩有感觉，室外的一切令它感到新鲜。它将双臂夹在胸前："外边就这样啊！这儿有个东西？"门钉在脚下看见一个铃卡子，的拿："昨晚我掉的，回来再拿！"为了便于隐蔽，的拿把易于操作的道具泡桐叶交给门钉，自己改用迷惑性更强但不宜操作的黑色塑料袋。

　　两个"人"向北走到小路的尽头停下来，从这里可以看到对面小花园的朦胧景象。花园呈四方形四边都有路，东西各有一个出入口，花园里植物茂密，西南有假山东北有花房，水池里冰已经融化，迎春花正含苞待放。的拿指着眼前的一个环形标说："逮着的那个就是上这儿看环形标来了，俩人打赌猜这个是什么。"

门钉："那个呢？"的拿："跑了，顺着马路跑亭子里去了，估计吓得不轻！"天越来越亮，已经隐约能看到枝条上的黄色迎春花了。

　　的拿带着门钉沿着向西的土路，借着稀疏的绿篱向西南方的假山方向靠近，由于门钉对外界了解得不多，的拿不敢带它贸然进入花园，于是它们先过了马路又悄悄来到假山南侧。假山不高，两侧都有山肩，最高处不过4米，上面有几个猫舍和尚未返青的藤萝，两个精灵躲在了东侧的山边上。

　　水池的西侧有一个避寒棚，里边有一棵挺大的大叶黄杨，西南有一团不算茂密的迎春花，一只白猫蹲坐在迎春花边上。此时，它正将一只前爪抬离地面，用以比拟一个事物的高度。的拿循着白猫的视线在枝条的边上看到了一个猩猩造型的精灵："那儿有一个！"的拿把塑料袋踩在脚下，从挎包里拿出一根捆绑带递给门钉："……拿着！立功的时候到了，一会儿冲过去把它捆上！"门钉接过捆绑带一脸兴奋："好嘞！"的拿伸长双腿抬脚正要一步跨出，那个猩猩不知因何事突然生气了，伸手将一根筷子粗的枝条齐根撅断，静静的花园里发出"咔"的一声。

　　的拿被吓了一跳，迈出的腿赶紧又收了回去。它害怕了，自己的尺臂绝没有树枝结实。的拿连忙小声对门钉说："别言声儿，赶紧走！"哪知门钉以为的拿是让它赶紧行动呢，把伪装树叶一扔"噌"的一下把脑袋露了出来，并大声说："哪儿呢？"白猫一扭头正看见门钉，急忙对大铲说："大长腿！我看见大长腿了！"大铲"噌"地一下从枝条中窜了出来，它并不知道门钉在哪儿："哪儿呢？"白猫："山后边！"边说边向假山上边跑去。

　　跑上山顶一看，两个长腿精灵正迈开大步向东逃窜，伪装树叶和塑料袋也不要了。

第四章　欲速则不达

门钉的跑步姿势很像跑不起来的篮球巨人，白猫指着东边提示大铲说："抄近儿、抄近儿，斜插过去！"由于反应时间占据了几秒，大铲从反应过来到追上去，显然不如逃命的跑得快。门钉到现在都没明白为什么要跑，跑的连伪装用的树叶都扔了，却不舍得撒开手里的捆绑带，刚向南拐过七八米，大铲就追上来了。

的拿和门钉跑在绿篱内侧，大铲跑在外侧狂奔包抄，大铲感觉两个长腿就在它的右后边，几次想从绿篱钻过去都被密集的枝叶阻挡了，当它好不容易钻过去又已经被落在了后面："站住！"的拿以为末日就要来临拼死也要逃脱，一把揽住门钉的腰："收腿！"就在大铲即将伸手抓到门钉时却突然闪开了，的拿趁机夹着门钉率先钻进了窗户，等到大铲避开眼前的铃卡子再想抓时已经晚了。

地上的铃卡子是昨晚的拿掉落的，无意中阻截了大铲挽救了自己。大铲对铃卡子又恨又怕又没料到，一没料到铃卡子出现，二没料到这俩能随高就低高矮无常，更没料到它俩会钻进窗户。

大铲不敢贸然跟进去，又看见了一个掉在地上的捆绑带，气得它在窗外大骂有能耐别跑。两个精灵躲到了窗户下面，门钉上气不接下气地说："捆绑带丢了！"的拿同样喘着粗气说："导播室里有的是！"门钉是初生牛犊："三等功没了，咱为什么要跑啊？"的拿："命要紧！你没看见它撅树枝！这要撅咱一下，咱可就残了！"经过的拿一解释门钉也感到有点后怕："要是我自己可能就麻烦了！"的拿嘱咐说："尺条怕死褶，再有这类事……短出为妙！"两个精灵在窗台下躲了大约 10 分钟，的拿："也不知道走没走？"门钉双手扒住窗台想看看，的拿忙说："脑袋往后别伸出去！"门钉扒住窗台双臂向上一戳："啊！"一露头便看到了一个凶神恶煞和一只白猫，由于大铲毫无准备再想伸

103

手去抓又晚了:"别跑!"两个精灵喊着叫着借着熟悉的地形仓皇离去。而白猫则拦住了情绪激动的大铲:"你人生地不熟别追了!"大铲认为这是好话:"别让我再看见它们!麻烦你帮我把那个玩意儿带回去!"大铲求助白猫把铃卡子叼了回去……

回到演播室蜗居,的拿把此去的惊险跟鸿导说了一遍,可把鸿导吓坏了:"听着肝儿直颤!"的拿:"不过也得恭喜你!这个首领可能握有秘方!"鸿导:"抓着直接一等功!"的拿:"接下来怎么办?"鸿导:"此一时彼一时,蛋糕还得鸡蛋做,我写剧本你抓人,你看这样行不行……"

第四章 欲速则不达

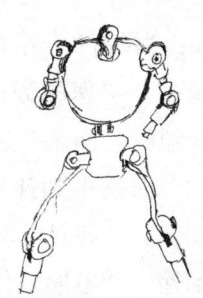

6. 小阴谋大诡计

很快,身材纤细的面条挎着一个小手电在2号库第一个出场了:"我来了!"

一从管道路下来,先抱着小跑驴左右贴脸各一次:"以后改叫阿姨吧!"小跑驴:"不用,跑姐听着多亲哪!你这身材和嗓门儿不配套啊?"面条:"嗓子练过……"说着,冲着大椅子微微曲腿下蹲,用手按了一下座子面:"叔叔好!"对小椅子和铁蛋糕更简单,都是嘴角上翘轻轻拍拍。

铁蛋糕刚想开口问点什么,就听见锣槌说:"这儿还有人呢嘿!"面条走到沙发前边一点:"两位锣叔叔好!"锣槌"嗯"了一声算是答应。铜锣:"一位啊!它姓锣我姓铜!"面条:"下回我注意,您以后多关照!"说完,走到小跑驴跟前:"待不了多会儿就得走,现在上面可忙了。"小跑驴:"你在上边负责什么呀?"面条:"抄抄写写。"小跑驴:"累吗?"面条:"有点儿,笔都让我攥瘦了……"说着,左手摩挲着右手腕子:"鸿导的创意特别多,我这都起茧子了!"小跑驴:"偷着歇会儿,干点跑跑颠颠的就得了!"大椅子:"这舞台什么时候搭呀?"面条耐心解释:"主任说搭台容易隐藏难,这演着、演着要是来人怎么办?"大椅子:"它老有的说!是不是有新节目啊?"面条:"没有!"小跑驴:"我的那些台词呢?我们这可都等着呢!"面条:"您的旁白正改着呢!"锣槌在远端说:"我的台词没变吧?"面条一边向沙发跟前走一边说:"没有,该背还背。"

面条走到沙发扶手旁停下,对铜锣说:"来找您来了!"铜锣:"找我?"面条:"对,问您愿不愿意再演一个新角色?"铜锣:"不愿意!给你们演个月亮就不错了!"面条:"翻个身再演一太阳怎么样?"铜锣:"是趴着时间长还是躺着时间长?"小跑驴:"人家孩子专门来找你,瞧你那个啰唆劲儿!"铜锣:"行……不就翻个个儿吗?不费事怎么都行!"面条:"您同意了啊,等不忙的时候也带您看看电视,只要我拿得动的都行!"

铁蛋糕可逮住说话的机会了:"面条姑娘,我,你应该拿得动吧?"面条直接拒绝:"对不起,你太沉了,主任都说抱不动!"小椅子自己向上跳了一下:"我们有那么沉吗?"面条娇声娇气伸出手臂:"你看我胳膊呀!比火柴棍粗吗?"又指指身上挎的小手电:"看见了吗,这手电再多一节电池我就得拄拐棍了!"小跑驴:"别费劲了!有空把门钉提溜来让我看看。"面条不无惋惜地说:"我还说找牌叔照照镜子呢!"

面条是一米尺,攀爬货架的速度要比的拿慢一点儿,铁蛋糕趁机向磨盘跟前退了几步,想看它去了哪里,结果还是没看清。

不一会儿,身材高大的门钉果然来了,它左手拿着手电右手

第四章 欲速则不达

倒背着。见到大家便晃着手电跟大家打招呼："大家好！"小跑驴："长这么一傻大个儿，还背着一只手！"锣槌有意无意地说："谁稀罕似的！"门钉把手电放在一边，扭头看它一眼没理它，目光看向铁蛋糕："有稀罕的呀！蛋糕……小怪！"铁蛋糕："你又给我叫回去了？"门钉侧身对着小跑驴："大家看看主任让我带什么来了，帮我认认……"边说边把背着的那只手拿到前面，手里捏着一管儿口红状的东西，举起来问大家："谁认识？"大椅子："装牙签的！"门钉又冲着小椅子："老电呢？"

小椅子一愣，从被叫"小试验"到改叫"小节子"现在又"老电"，这是什么意思呀？还没答话铜锣又抢答了："抹嘴的！"小跑驴侧脸看门钉："唉你个臭小子拿过来！拔开，拧出来……"门钉倒也听话，先将口红的圆盖拔掉再把柱体拧出来："对吗？"小跑驴看了看，挑眼说："尖都圆了……是不是有人用过的？"门钉："主任给我时就这样！"小跑驴："其实我也用不着！你先把它放高压锅里，然后替我揍铜锣！"铜锣赶紧央求："别呀，它就是抹嘴的呀！"门钉此来是有任务的："给铜锣叔攒着吧！"小椅子过来问："哎，班长，我怎么又叫老电啦？"门钉："老电影迷呀，你喜欢老电影，当绰号吧。你爱看老片儿、蛋糕喜欢拆东西……"铁蛋糕："还能去吗？"门钉先说："能啊！可上边……啧……又挺忙的。"铁蛋糕："你在上边干吗呀？"

门钉用手做着捏钳子和拉锯的动作："熟悉工具，我现在是初级技师可以立功得奖了！"铁蛋糕："太羡慕你了！要不……你偷着把我们放上去？"小椅子："我们自己上不去！"门钉："我还挺虚弱的，只能带一个人先试试。"小椅子对门钉："让蛋糕去，你再给我留份作业！"门钉一听留作业有点发蒙："作业？作业不是已经写完了吗？"小椅子："再留啊！鸿导说班长也是干部，

你再给我们留一个！"大椅子："得！假积极遇上个认真的，您看着来吧！"

门钉的脸"唰"地一下红了，真想上去推大椅子一把，想了又想觉得还是不能。忍着，不看它！虽然有点尴尬，但门钉还是能够勇敢面对，它对小椅子说："咱有存货！你不是喜欢战争片吗？那就……背一下里面的台词。"小椅子："好嘞！"

有了门钉打招呼，提示牌说声"稍息"！非常爽快地让铁蛋糕出去了。

一出铁篦子铁蛋糕就对门钉说："我还怕你急了呢？"门钉："想推它一把来的，后来一想没必要，我怕耽误事！"铁蛋糕："祝贺你！你是怎么进步的？"门钉先是努力做着回忆的样子："一开始……"它把眼一闭身子向后仰了一下，然后睁开眼睛说："呃……就这么晕了一下……醒了以后又躺了半天儿……然后又……"铁蛋糕："能教教我吗？"门钉："我当时失去意识了，醒来后什么也想不起来了。"铁蛋糕："你就是不想说！"门钉发誓说："说瞎话得痔疮！"铁蛋糕："那算了！"

门钉把铁蛋糕带到10米外的那个楼梯下，铁蛋糕看了看楼梯有点纳闷儿，问："怎么走这儿啊？"门钉："这儿近！"铁蛋糕看到楼梯右边还有五六米的路，便想跳过去看看："那边是哪儿？"门钉："管它呢，你上不上学去了？"铁蛋糕："上、上、上、走。"回到台阶下，铁蛋糕想起了当时门钉的态度："当时问你，你还特横，这怎么又成近路了？"门钉："咳，当时说：用行万里路代替读万卷书，至少是磨炼意志！"心里说：今天是按计划拿你来做跨界实验的，如果你也能变，鸿导就成批培养，不能，不能也有不能的预案。上到地面推开门，铁蛋糕认出小卖部的同时，"许多"只眼睛都在不同的地方看着它。铁蛋糕：

第四章　欲速则不达

"走这儿近多了，那边不就是 1000 米大门吗？"门钉："记性真好，头晕吗？"同时用手指着"小卖部"3 个字说："你没注意这仨字是反的吗？"铁蛋糕走到小卖部前边，转回身说："笨蛋，这么看不就正过来了，晕什么呀！"门钉偷眼看向天花板上的维修孔，躲在上边的"眼睛"已经不见了。门钉是五米尺，看到预先约定好的暗号后，延长身体将铁蛋糕送入了"首灯"维修孔。

在天花板上走了大约几百米，刚过了外语频道工地上方，门钉就在距离三岔路口很近的那个"尾灯"跟前停下了："我想上厕所，大手儿！"铁蛋糕一愣："新鲜！精灵还用上厕所？"门钉故作窘态："没骗你，黄油上多了。"铁蛋糕："哪儿有厕所呀？"门钉指着三岔路审看的方向说："审看那儿有一个！哎呦呦快不行了……"一听是黄油抹多了，铁蛋糕认为是个理由，自己还差点抹上哪："事真多，擦干净点啊！""唉！"门钉撒腿往审看方向跑了。

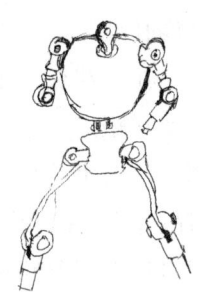

7. 蒋干盗书

一时无事,铁蛋糕想起了那天在这看到"危险路"时,鸿导瞪了自己一眼,至于为什么今天的门钉肯定知道。铁蛋糕小心走到"尾灯"边上,一眼就看见了夹道入口和1号厅大门,再走到右边又看到了旋转楼梯:"喔!原来我坐了这么长一截冰车?真够长的!"它转回身看到了竖向管道井,走过去向上看了看,小声自言自语:"真够高的,没人带着还真不行。"忽然,审看岔道方向传来一声急而短促的羊叫声"咩……"铁蛋糕磁粉倒竖:"谁呀这是?"

好奇心驱使铁蛋糕向着审看方向走去,刚到"路口"就听见10多米外有"人"在大声说话,它赶紧藏到了离路口不远的一处横向的管道下边,借着管道下的空隙和维修孔透上来的微光,看到远处横站着一个怪异自行车,铁蛋糕的"心"骤然收紧:嗯?

第四章 欲速则不达

这不都是自行车零件吗?腿和大梁绝对是闸拉杆啊?……正想仔细看时,忽听有人大声问答且腔调奇特。

问话的人诚心地说:"哎!你叫什么名字,从哪儿来?"这不是的主任的声音吗?它在审问怪异自行车,而怪异自行车也像"犯人"一样有问必答。答话的人拿腔拿调故意说:"我叫大头羊,是从有假山的花园来的。"比怪异自行车还怪异的是它的声音,如果门钉可以上厕所,那回答的这位一定是"感冒"了。的主任:"离你探头探脑的地方有多远?"怪异自行车:"不远,就在东台阶北边!"的主任:"你们一共几个,谁是头领?"怪异自行车:"10多个,首领是大猩猩!"铁蛋糕听到说大猩猩,又把"耳朵"向前凑近了一些。

小垫圈一听说有"10多个",赶紧从铁蛋糕铃体里飞了出来,暗中飞到近处一看,原来是鸿导和的主任正在围着大杠演双簧,大杠的嘴被皮筋勒着根本张不开。的主任:"你们在花园待多长时间了?"鸿导捏着鼻子:"两年多。"的主任:"成为精灵前的简历?"

简历?什么是简历?怪异自行车:"前身都是自行车!"一听以前也是自行车,铁蛋糕的"心"又是一阵狂喜!我也有这样的简历。的主任:"上我们这干吗来了?"怪异自行车:"想找个工作。"的主任:"变成这样还想找工作?你能干什么?"怪异自行车提高音量:"我不行有人行,我们首领有变化秘方,你想要什么样的就有什么样的。"一听首领手里有秘方,铁蛋糕差点儿"啊"出声来。的主任:"你是说……你们首领有变化秘方?"没想到怪异自行车一时得意忘形,居然情不自禁地拉了个长音儿:"哎……对喽!"的主任惊讶地:"唉?"了一声没有接话,审问戛然而止了。

　　小垫圈看得明白：感情是鸿导入戏太深了。眼下，它正偷偷地笑着，大气不敢出。小垫圈没有心思看这些，而是聚精会神地观察起了大杠的外部造型……

　　过了一会儿，半哭不笑的主任打起了精神继续发问："唉，我们这有一个车铃，它想变成有手有脚的，行吗？"一听主任这么关心自己，铁蛋糕的"心"都快跳出来了：主任时时都在想着我！怪异自行车："行！可以变成一个小猩猩……"听说要把自己变成猩猩，铁蛋糕非常着急，这可不是自己想要的！的主任："它肯定喜欢！我想让它成为从我们这儿走出去的第一个自行车精灵，另外，我们有个工蚁助手计划（工业捉手鸡哇），这些助手要各式各样，不能都是猩猩，你看……需要多少零件？（薛啊多日离家）。"的拿的声音忽大忽小、口齿含混不清，铁蛋糕听不清楚，但怪异自行车回答得明白："这我可不知道！我得回去问我们首领！"的主任："想走可不行！还没追究你私闯禁地的责任呢，楼里是你来的地方吗？"怪异自行车："不是就让我走吧！"的主任："不行！我们管抓不管放！得让你们首领亲自来，道个歉把你领走！"怪异自行车似乎很高兴："那我们首领肯定愿意！你去通知它吧！"的主任："我们没人没时间！"

　　的主任近乎耍赖般的无理要求让铁蛋糕心急如焚："我去呀，我有时间！我们首领有秘方还省得麻烦你了呢！"怪异自行车："你们什么时候有时间？"的主任："永远没有，你就在这待着吧！"怪异自行车："真气人！那我就自己跑！"的主任："双手欢迎！你要出不去呢？"怪异自行车："我怎么来的怎么回去！"的主任："不可能！你是我们从东台阶窗户那儿抓来的，你自己上的去窗户吗？真想走也得知道走哪儿啊！"铁蛋糕心说的主任真是有问题！怪异自行车："明天天亮前我保证能出去，让我们的首领把你们都变成猩猩！"的主任："吹牛！"怪异自行车："走着瞧吧！"

天亮前？这可没多长时间了！为了自己和主任不被变成猩猩，必须早点见到手握秘方的首领，一是让这个冒失的同类早点回家，二是让首领把自己变成有手有脚的人类形状。为此，铁蛋糕决定冒险去一趟，正在想着，忽听附近有拉水箱和开门的声音，铁蛋糕断定是门钉快要回来了，赶紧跑回了竖向管道井。

它刚一离开，鸿导便从黑暗处出来了，不好意思地说："刚才对不起啊，一激动忘了！"的拿："那个语式就是显得学问大，哎！……您这音配得真好！"鸿导："还是你问得舒服！蒙吧，最好能拿住它们的首领。你，赶紧搬家，我，回去写，它，送到你的车间……"

偷听谈话毕竟心虚，忐忑不安的铁蛋糕很怕门钉听到自己的"心跳声"，它在庆幸自己动作快的同时也在庆幸自己来得及时，晚一步就什么都听不见了。铁蛋糕站在"尾灯"边上假装欣赏旋转楼梯，看似若无其事实则思绪早已飞了，飞到大头羊说的"有假山的花园"里去了。它想了一个皆大欢喜的办法：如果能摸到花园，它就恳求首领帮主任变100个公蚂蚁，自己带着公蚂蚁说服鸿导把怪异自行车放了。由于主任在说工蚁计划时铁蛋糕的心正被害怕变成猩猩占据着，再加上主任语速时快时慢它把工蚁错听成公蚂蚁了，而且还好心地拟定了数量。

正想着，门钉恰到好处地回来了："蛋糕，真不好意思！我决定亲自把你送到第一看台！"铁蛋糕："今天算了吧，我不想偷偷摸摸的。"门钉也正好顺水推舟："也好，等忙过这阵，我陪你和小八一块来，7天一节课！"铁蛋糕："啊？7天才上一节课？"门钉自我纠正："说错了！是一节课上7天！"不知是悟性高还是有人指导，门钉手里捏着一点手纸，在回去的路上时常把延长的脖子扭到身后，煞有介事地假装询问："帮我看看擦干净了吗？"

门钉一进2号库，提示牌就问："这么快就回来了？"铜锣："显摆你长腿去了吧？"门钉将右腿延长，"唰"地一下做了个朝天蹬的动作："我还用显摆，它就是长啊！"一转身把脚伸向了锣槌："怎么样？稀罕吗？"锣槌自以为地位险要没人敢惹，没想到一只脚伸到了眼前。它把"头"向后一仰"啪"地一下把灯关了，"啪"灯又被门钉按亮了，它想用"头"磕击门钉的腕子，却被门钉"吐出"的尺条抵在了墙上。小跑驴："门钉不能这样！"大椅子三步两步走过来："臭小子你以后住这儿吗？"门钉故意"拱起"膝盖，踩得更加用力，不服气地说："椅子叔……"大椅子："住不住？"门钉："不住！"大椅子："不住把脚拿下来！"小跑驴："这是你叔叔级的要尊重！"门钉把脚放下给大椅子敬了个礼："是！"大椅子："你瞧你给人家吓得脸都红了！"又对小跑驴："跑姐，这是不是没正形？"门钉虽不还嘴但很不服气，双手垂立双眼上翻。小跑驴："别在那儿臭美，过来，以后在哪儿休息？"门钉走向小跑驴："演……播室，我现在主要跟主任学东西！"铜锣："捡东西？"门钉："开东西！开料！你不干活儿不知开料难，捡是为了省事。再说了，我又没上你们家捡去！"小跑驴："它们家得有啊！你、你、你赶紧走，别在这儿捣乱。"门钉巴不得赶紧离开："那就明儿见，电影迷，椅子叔，走了啊！"大椅子跟在后面走了几步："真是谁捡的随谁！"

门钉一走，大椅子就来问铁蛋糕："你都跟它说什么了？"铁蛋糕退后一步："没说什么呀，我就跟它上去看电视去了！"

第四章　欲速则不达

大椅子："走到那儿了吗，太快了吧？"铁蛋糕哼笑两声说："没法说……"大椅子："说！"铁蛋糕："它拉稀了！"铜锣"噌"从沙发上站了起来："拉什么？"小跑驴："它会拉稀？"铁蛋糕："它黄油抹多了，出来了！"大椅子："瞎说！"铁蛋糕冲着库门方向："那个纸团就是它堵屁股用的！"大椅子不能低头，所站的位置看得更清："幸亏没让它在我身上坐，算了吧！"一听说"算了"铁蛋糕的心思马上又转到了小花园。

　　由于精神过于集中，铁蛋糕的眼睛出现了呆滞现象，被人误以为是因为没看上电视而有些精神恍惚。提示牌主动提示说："好像主楼门口也有两溜电视，你要实在想看就上那儿看去。"为了不使自己变成猩猩，必须抢在大头羊回到花园前找一条前往花园的路："先不看了，跟您们打听个地方，楼外边的。"铜锣："问老牌，它以前是专门清理车位的，这院里的犄角旮旯它都知道。"提示牌胸有成竹地："只要是这院里的，你问哪儿吧？"铁蛋糕："假山花园，说离东台阶不远！"提示牌："不是东门的就是主楼后边的！"铁蛋糕："有水池子的！"提示牌："俩都有！但我猜应该是主楼后边的，去那儿干吗？"铁蛋糕："想到山上看日出！"提示牌："假山3米多高你能上得去吗？"铁蛋糕："想试试！"提示牌："偷着去的吧？我这人好说话。告诉你，你从这出去向东一直走，走到头往南，过一楼梯再往东，前边能看见一个没有扶手的楼梯……"

　　铁蛋糕的思路一开始还能跟着提示牌的提示走，但好像除了"东"其他的什么也没听清。提示牌："你从楼梯上去，边上那个电梯别管，上去后连续右转，第二个小平台东边有一个垭口，南边是哪儿甭管，奔北边去……"铜锣："拦你一句，哪边是东啊？"提示牌面向小跑驴抬起自身的右侧牌面："就这边呀！"

铜锣:"上坡还是下坡?"提示牌有点急了:"上坡啊!"铜锣:"得,越听越糊涂!"大椅子:"你外号大迷糊当然糊涂了!"铜锣:"今儿我也不还嘴了,你再给我重复一遍它说的!"大椅子绰号七个不服:"我不服谁也得服这老牌,这瞎道指的一听就是耍人玩儿的!"提示牌彻底急了:"我要谁了?我就是主任从那条道顺来的!"铜锣好像抓到了谁的把柄:"顺有窃之嫌呀!"小跑驴:"还真是的!这浓眉大眼的主任怎么能这样呢?回头我让它把你送回去!"提示牌:"我愿意的!"小跑驴:"那是你的事!你刚才说得是有点乱,你也别东西南北了,干脆说左右吧!"

提示牌又以左右代替东西把路线重新说了一遍,最后它问:"记住了吗?"盛情难却的铁蛋糕赶紧说:"记住了,记住了,谢谢牌哥!"大椅子:"连这儿的老员工下来都晕,你能记住?"小跑驴:"管它呢,看不见明天的看后天的,没准儿一睁眼还到神州第一街了呢……"

当晚熄灯后,铁蛋糕悄悄走向"铁笼子",黑暗中不慎碰到了提示牌:"对不起啊!"提示牌:"疼倒是不疼,怎么也得等我……睡着了啊,稍息!"

鸿导原以为自行车精灵都是大绵羊,没想到它们的首领如此强悍,硬的不行来软的,蛋糕还要鸡蛋做,盒尺精灵多人联手联袂上演了一出蒋干盗书。

第五章 无心插柳
Chapter Five

车铃侠

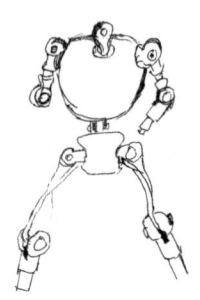

1. 意外中的意外

  等到铁蛋糕可以偷着出去时,又过了一段时间。
  地下室主要路段通宵都有照明,铁蛋糕站在铁栅栏门外左右为难:我现在面向的是北还是西?是西,转身不又回去了?我从东台阶来的时候走的是上坡路,我要原路回去上得去窗台吗?
  正在它犹豫不决的时候,虚形白影小垫圈忽然从它铃盖里挤了出来,出来后以左右两边的垫圈为翅膀实体出现在铁蛋糕眼前,对它说:"向右,跟我走。"已经见过实体小垫圈的铁蛋糕:"小垫圈?你不是被主任拿走了吗?"实体小垫圈:"我是你的它拿不走,没一秒我又回来了!"铁蛋糕惊讶地说:"你是我的?你是我的什么?"实体小垫圈调皮地说:"车铃小怪呀……"铁蛋糕:"这可有点新鲜了!你是小怪我是谁?"小垫圈:"你是铁蛋糕啊!"铁蛋糕:"没听懂!"小垫圈:"我是你叫铁蛋糕之前的

118

第五章　无心插柳

小怪,你是我现在的名字铁蛋糕!"铁蛋糕:"更不懂了!"小垫圈:"哎呀你就别管了,你不是要去假山花园吗,我带你去!"铁蛋糕觉得蹊跷向外走了几步:"你怎么知道的?"实体小垫圈:"咱俩是一个人,我当然知道了!"铁蛋糕停下不走了,问小垫圈:"你是干吗的?"小垫圈:"我是专门搜集闪念火花的!"铁蛋糕:"上我们这儿干吗来了?"小垫圈:"我收集了你的一个愿望,我想跟着你的思维落地!"铁蛋糕:"哪句呀?"小垫圈:"有手有脚有翅膀!"铁蛋糕:"你能帮我实现吗?"小垫圈:"能!"铁蛋糕:"现在行吗?"小垫圈:"现在不行,得过些日子!"铁蛋糕继续向咖啡厅楼梯方向走:"你知道我现在要去干吗嘛?"小垫圈:"你要给花园里的大猩猩通风报信,你怕它把你变成猩猩!"小垫圈说得有鼻子有眼正是铁蛋糕所想的,铁蛋糕在咖啡厅楼梯下停下了说:"我就是不想变成猩猩!"小垫圈:"它那个样子是你变的!"铁蛋糕彻底懵了:"我能变它为什么不能变自己?骗人也不挑个好时候!"小垫圈:"我没骗你!"铁蛋糕:"我也没骗你,我真有要紧的事要办!"小垫圈:"那正好,我也正想再看看它们呢,跟我走!"说完,以左右两边的"垫圈"为翅膀飞了起来,引着铁蛋糕先右、后左、再直行毫不费力地就到了那个没有扶手的楼梯跟前。

楼梯一共8阶,10厘米一踏步,防火门向内敞开门底下有木制的三角形阻门器,铁蛋糕跟着它沿着楼梯连续右转,果然在第二个半层平台左边看到了垭口,进到垭口向左边一看,心中陡然一惊:"哎?这边怎么有路灯啊?"小垫圈:"出去就是外边了。"

垭口有两扇门宽,右边是道具临时周转鱼鳞库,左边3米处是两道门。里边的门是铰接式金属推拉门,中间有挂锁锁着,外边的门是两扇铝合金玻璃门。这道门与宇宙台同龄,玻璃有裂纹

看上去非常破旧，磨损的门轴致使一扇门的上首有点向外撇。这个地方可能是一个弃用的人力装卸平台，紧邻刚才看见的货运电梯。

路灯下假山依稀可见，铁蛋糕的"心""咚咚"直跳。假山近在眼前怎么才能出去呢？铰接式推拉门虽然锁着但空隙比较大，关键是那道铝合金玻璃门。铁蛋糕看到门缝较大试着向外拱了一下，"吱"门居然开了："这就出去了？"门外是个2米长、1米宽的卸货平台和向下的台阶，它一出去门又自动回来了，原来门的合页是双向的里外都能开。

到了门外，实体小垫圈以左右垫圈为足落在了地上，很像一个抽象的小螃蟹。铁蛋糕看它一眼："你真够怪的，四面透风还能飞！"说着把目光转向小花园。实体小垫圈："应该说真够神的！你不是想找秘方吗？别去了在我手里呢！"铁蛋糕："在你手里？那你赶紧把我变了呀！"实体小垫圈："不是说再过几天吗？你要当猩猩咱立等可取，现在、马上……"铁蛋糕听了"撒腿"就往台阶下边跑："我还是先找我们首领吧！"小垫圈实体变虚形飞在铁蛋糕身前，告诉它小花园西入口更适合它走："从那边进去！"铁蛋糕突然"扬起"脑袋："偏不，我就直着走，你别跟着我啊！"实体小垫圈："我也偏不，就跟着！"铁蛋糕："你不是会飞吗？带我飞过去！"虚形小垫圈："带不动，我试过了……"

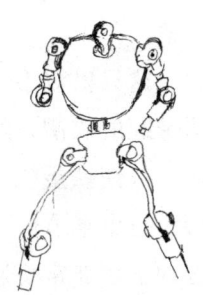

2. 独具慧眼

按照原来的设想,铁蛋糕必须抢先一步到花园。它来不及欣赏即将升起的太阳,借着停放的汽车的掩护来到了一棵大树下面。前面就是花园和假山,只要横向穿过一条路就可以进到前面的汽车底下。花园属于人工坡地造林,因为假山的缘故西南方向地势较高,东北较为平坦。铁蛋糕上了路牙进入草地,或许是草地昨天浇过水,它进来的区域泥土较多有点"黏脚",不得已还是溜边走向了它刚说过"偏不"的西入口。

西入口外常年放着一个大号的金属停车牌,它的过梁是死的不能折叠,在它边上,码放了几摞灰黑色方砖。

铁蛋糕沿着路口石板路走了五六米就停下了,原因是西入口两侧有一些高矮不等的植物。为了表明自己行踪的光明正大,它想在这儿先喊几声,有听到的,就会向首领汇报。它冲小花园的不同方向喊了几声："首领……"没有听到回应。它想起了首领的位置"离着假山不远"。为了抄近路，它想从这儿上到南面坡上的地柏棵子边上去。第一次起跳的落脚点没选好导致铃体后仰浪费了体力，第二次、第三次还是没能如愿："这么难吗？"第四次铆足了全力上去后转身回望石板路："不高啊，哎？"冷不丁！它发现自己刚才踩着的那块石头上，隐约有一只神形兼备的猫的图案。

这只猫双手"倒背"身穿一件古代长衫，凸起的石棱酷似抬腿带起的衣褶，给人一种急欲出行的感觉。由于猫的图案动感太强，致使铁蛋糕不由自主地说了一句："你不是只猫吗？你的腿都快迈出来了！"观物识物是好多人都有的一种"特殊小本事"，这种本事非常普遍，只是"功力"有深有浅。所谓直观好识神似难辨，功力深者经常能从我们熟悉的物品中，神似出一些隐藏较深的动物图案，对于这种图案，你若不想理它便可当作没看见。虽然开口相认，但铁蛋糕是来找首领的，见石板上的猫不做答复便沿着地柏棵子边缘向假山方向走了。

就在铁蛋糕刚刚说完"腿都快迈出来了"时，石板里的猫像是听到了召唤似地真的迈腿出来了。为了表示它的存在，也为了区别和小垫圈的不同，我们都用了虚无缥缈的虚形白影来表示，但猫的虚形是随风似雾可聚可散的，小垫圈的虚形永远都是实的。从"石衣"出来后石板猫觉得很冷，缩肩抱臂地向着铁蛋糕走去的方向鞠了一躬，然后哆哆嗦嗦地走到花园外的方砖前，不明原因地对着码放的方砖踢了一脚又一脚。

太阳露出微红，铁蛋糕边走边喊，已经走出地柏棵子的铁蛋糕依然没有听到回应，心想：我要不来……它们可能都不是活的。前边的避寒棚占地两三平方米，里边有一棵大叶黄杨球，避寒棚

第五章　无心插柳

大多东边向阳一般不用遮挡。此时，面向北边的避寒棚底边被"人"偷偷掀开了一点，一双眼正在向外窥视，这是大铲。当发现"侵入者"是个车铃时心里"咯噔"一下："不是说单独的零件不能动吗？"美人蕉回答说："是啊，叫它进来问问！"大铲："等等，看看再说！"

早起的鸟儿有虫吃，正在大铲犹豫不决的时候，麻雀妈妈带着两个孩子，从西边的一个封闭天桥下边飞进花园，两个小麻雀"啾啾"叫着想落到假山上去，被落在水池西岸附近的麻雀妈妈急声喝止："上边有猫别过去！"

不知什么缘故，石板猫正以清风薄影的形式跟在铁蛋糕身后，听到麻雀妈妈提示有猫还以为被发现了，赶忙用爪子在铁蛋糕铃体上晃了晃，确定没有显形才放心，猛地，石板猫看到了同样处于虚形薄影下的小垫圈。

铁蛋糕快速跳向西岸："麻雀妈妈我是小怪！这么早啊？"3只麻雀"扑棱"一下都飞到树上，麻雀妈妈："谁？"铁蛋糕："小怪，您一家都挺好的？"经辨认，3只麻雀一起下到地面，麻雀妈妈惊喜地："真是你啊！怎么出来的？"铁蛋糕："遇上好人了！"麻雀妈妈不好意思地说："我还没跟乌鸦说呢！"铁蛋糕："没事，我已经下来了。"麻雀妈妈："我带着两个孩子不容易，你应该理解我！"铁蛋糕："实际情况！乌鸦毕竟身形硕大！"麻雀妈妈："在我眼里那就是猛禽！光我自己还好说！"小麻雀A歪着头看着铁蛋糕："恭喜你！可你还是没手没脚没翅膀啊？"铁蛋糕根本没把小垫圈说的放在心上，也不相信"猩猩"是自己变的那个说法，于是回答说："马上就有了，以后可以帮你们找虫子！"麻雀妈妈："谢谢！"小麻雀B："等你有了咱俩看谁飞得快！"小麻雀A："我最快每秒7米！"小麻雀B："我都快突破音障了！"麻雀妈妈："胡说！

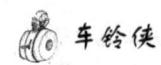

那不成糊家雀了？"铁蛋糕："我喜欢小B！"麻雀妈妈："都是跟你学的！我得赶紧走！"铁蛋糕笑着说："再见！"3只麻雀飞走了，首领的身影还是没有出现。

虚形下的石板猫弓着腰和螃蟹状的虚形小垫圈相互打量。石板猫简单扼要："你是？"小垫圈："小的天应地和，就是低空中最先听到求助老天爷声音的人！"石板猫："你叫什么？"小垫圈凑到石板猫跟前轻声说了名字，石板猫放下戒备低头深施一礼："失敬！您平时？"小垫圈："在低空做结构观察员，看到好的火花就收起来，听到谁要用再放出去！"石板猫指了一下铁蛋糕："您跟它？"小垫圈："我是以小天应的名义在它刚下地时进去的，我有一点地和能力，想跟着它的思维落地！"石板猫："它哪句话把您叫答应了？"小垫圈："有手有脚有翅膀！"石板猫："落地了吗？"小垫圈："没有！"石板猫："为什么？您不是小神助吗？应该有点地和能力呀？"小垫圈："它若只要手要脚我能勉强，但要实现撒豆成兵我能力还是不够，还得晋升好几级！"小垫圈说话的同时有一条蓝色微光从地脉上扫过。

石板猫听了"撒豆成兵"也是一愣，扭头看向铁蛋糕："什么地方难住您了？"小垫圈："实兵！我知道叫兵、运兵但没有实兵！"石板猫："那它得先变成车铃侠呀！你跟我说说……"小垫圈把自己对撒豆成兵的认识、期望和难处和盘端给石板猫，石板猫举头望天咧嘴犯难："那得需要大秘方了……"

铁蛋糕与家雀的对话大铲听得非常清楚，旁证了大家曾在一个区域内生活过，何况这还仅仅是个车铃。看到铁蛋糕边喊首领边向假山方向走，大铲从没有遮挡的避寒棚东面向外走出一些："找谁呀你？"

铁蛋糕看到了一个身材魁梧不怒自威的巨大身躯，内心怦怦直跳："找我们首领，我也是自行车精灵！"一边说一边想：变成猩猩就这样啊？大铲听到精灵一愣："精灵？"铁蛋糕向前走了几步："我以前住在小卖部边儿上。"大铲向后看了一眼，问道："小卖部哪边啊？"铁蛋糕"台阶那边儿！"大铲试探着："小卖部呢？"铁蛋糕："前几天拆了！"大铲腰腹弹簧内收，似有疑惑待解："我也是拆那天来的，怎没见着你呀？"铁蛋糕结合大头羊的"交代"内容，认为有人从中说谎："不对吧？大头羊说你们来这儿两年多了！"里边的美人蕉听见"大头羊"3个字就是一愣："大头羊……说的是大杠吧？"大铲警觉性提高："你从哪儿看见它的？"铁蛋糕："楼里的天花板上啊！"大铲腰间弹簧一紧警惕性提高，阴沉着脸问道："你是楼里的？"铁蛋糕："啊，怎么了？"大铲阴阳怪气地说："楼里的心眼多呀！"铁蛋糕："没觉得！"大铲冷冷地问："它怎么会在楼里的顶棚上呢？"铁蛋糕："它说它是去找工作的！"大铲情绪有些激动，向外又走了几步："胡说！我们连保命都顾不过来还去找工作？它是让大长腿逮走的！"

大长腿？谁是大长腿？大铲的话把铁蛋糕说懵了，赶紧把在天花板上听到的对话简要复述给大铲。大铲："啊？还希望我去收拾它们？这不是胡诌八咧吗！"铁蛋糕："它自己说的！"大铲："它抬杠没有？"铁蛋糕："没有。"大铲："没有就不是它！"铁蛋糕："怎么不是？"大铲："它是国家级抬杠运动员就喜欢抬杠，能说到你那儿就不抬了吗？"铁蛋糕又把看到的大杠外形粗略描述了一遍，听完铁蛋糕的描述，大铲这才说："估计是让那个缺德主任吓傻了，哎，那些大长腿是公开的吗？"铁蛋糕："没问过！"大铲："干什么的知道吗？"铁蛋糕："做节目的！"一听是做节目的美人蕉眼前一亮但没说话。大铲："做节目的抓

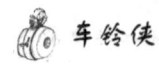

我们干吗？跟你说吧，昨天又来两个没逮着……"说着，将门钉丢下的伪装树叶拿出来扔在地上："这是昨天它们落这儿的！要不是追的时候它们有埋伏……"说完，又用拇指和食指的指甲尖儿从身后捏出一条捆着铃卡子的捆绷带，然后唯恐不及地把捆绷带和铃卡子甩向了铁蛋糕，大铲说："我早就逮着它们了！"这片叶子铁蛋糕记忆犹新！这铃卡子让人费解！铁蛋糕："这卡子怎么拴着呀？"大铲单拳砸地："不拴着咬人怎么办？"铁蛋糕心说这怎么能"咬人"呢？至于大铲说的两个人——这树叶是的主任的它见过，另一个呢？鸿导还是门钉？铁蛋糕赶紧把这两天发生的蹊跷事联想了一遍：从下课无人接到不让去上课，再到送保养、再到门钉去厕所，桩桩件件确实反常。莫非……都是做给自己看的？自己没来之前它们都在地上躺着，自己一来又活了？正在铁蛋糕有口难辩时另一个猩猩走出来说："进来吧！"

避寒棚里有些黑，尤其是里边。大铲和美人蕉的造型让铁蛋糕既兴奋又不安，心想：小垫圈说它们是我变的？我变的我应该知道啊！不行，我还是开门见山先说要求吧，如果人家以为你是来变猩猩那就晚了。铁蛋糕："首领能把我变成一个人形的吗？"大铲腰间弹簧向前一顶言辞闪烁："举手之劳！"

"啊？"如此容易又让铁蛋糕想起的主任在把它从车把上卸下来之前说的话了："能啊，太简单了！"就此，它认为是小垫圈说了谎。

正当铁蛋糕满心欢喜时，大铲又追加了一个条件："先问你能救回大杠吗？"铁蛋糕："我上不去天花板。"大铲："上不去你怎么看见它的？"铁蛋糕："我们上学就得从那儿走……"铁蛋糕再把精灵上学的事情说了一遍，还没说完就引起了美人蕉的极大兴趣："上学就是看电视这倒挺好的，又可以看电视剧了……"

看到铁蛋糕诧异的表情，美人蕉自我介绍说："我以前是住屋里的，经常跟着看电视！"自行车能进屋也是一种荣耀。

大铲冲着美人蕉："一说屋里你就眼睛放光！我刚才琢磨了一下它说的蚂蚁计划：公蚂蚁除了吃就是干活儿，咱去了连吃都省了还想看电视？"

铁蛋糕对工蚁计划的转述确实受到了当时怕变猩猩的心情影响，致使大铲误认为是去做苦力。铁蛋糕忙对大铲说："您看这样行不行？您把我变成人形的，然后再变 100 个公蚂蚁，我带着公蚂蚁去换大头羊！"大铲腰间弹簧收缩了一下："想得美，有也不给你变！"铁蛋糕："那您把我变了我自己去换！"大铲脸上闪过一个诡异的表情："变猩猩立等可取，现在、马上！"铁蛋糕一愣：怎么首领说的跟小垫圈一样啊？铁蛋糕赶紧强调说："我说的是人形的！"大铲："哦……人形的呀？你愿意排我后边吗？"铁蛋糕一愣："排您后边干吗？……您用秘方加个塞儿不就完了！"大铲平视反问铁蛋糕："我有什么秘方啊？"铁蛋糕还在发愣，黄杨球里却有人提醒说："能下地的赶紧跑！"这是守业的声音。美人蕉也想起来了："对呀！"大铲的脸拉得好长："那就跑吧……赶紧跑！"边说边从黄杨球树冠里摘出了守业和午马，没好气地把它俩杵在了地上："多嘴！"两个精灵也不说话，多嘴后的尴尬让它俩灰溜溜地躲进黑暗处。

虽然处境尴尬虽然只是匆匆一眼，但两个精灵的造型还是让铁蛋糕惊讶不已。它"眼睛"看着黑暗处说："还有马脑袋的？"大铲灵机一动："看见了吧？排队其实就是排队等零件！"美人蕉双手摊开："是实话，没有零件就等于无米之炊。"大铲对铁蛋糕说："你听我的，我们慢慢给你攒，等救回大杠再赶上打雷……我就帮你了心愿，怎么样？"铁蛋糕心说这才有个首领的样子:"谢谢首领,您能把这个卡子给我吗?"大铲:"干吗用?"铁蛋糕:"玩儿!"大铲先是不解后又非常慷慨:"还有玩这个的?拿走!叫我铲哥就行!"铁蛋糕:"这是谁拴的!"大铲:"猫!你哪天来拿都行!"铁蛋糕忽然又想起被的拿收走的零件:"的主任那还有好些零件哪,我跟它要去!"美人蕉:"抽空我们也去卸点。"一听抽空去卸点,大铲下意识地看了看曾经为卸生锈转铃而扭曲过的大拇指。鉴于铁蛋糕能力有限,大铲决定亲自出马去救大杠:"你把进出路线说给我!"铁蛋糕让大铲掀开避寒棚西边的底边,如实地把行经路线和大杠所在的位置告诉了大铲:"我是从那儿过来的,您看见那个台阶了吗?您可以先躲到大树那儿看看。"除了进出的路线,铁蛋糕还把自己所在的2号库的位置告诉了大铲,"我在大下坡边上……"最后说了一些安全提示:"您小心点,楼里的……是挺聪明的!"大铲:"就是坏!但社员自有高招,不愿意在那儿待的来找我!"美人蕉执意要把铁蛋糕送出避寒棚。

"两人"一出去,大铲就斥责了守业:"下回给你扔远远儿的!"

避寒棚外美人蕉轻声问:"它们都做什么节目啊?"铁蛋糕:"做什么没看见,就知道正在排一个青蛙励志的话剧!"美人蕉:"青蛙还能励志?"铁蛋糕:"鸿导编的,说的是青蛙掉进井里再想办法上来的事!"美人蕉有点害羞地说:"我能去吗?我喜欢这个!"铁蛋糕:"您攀爬能力怎么样?"美人蕉:"那是我们的看家本领,需要我、我就去,不行我也给它们养一个!"铁蛋糕:"它们总共4个,缺的就是人,其实它们并不像首领想的那样!"美人蕉:"那就以放回大杠为条件,今天放,我明天就去帮忙!"铁蛋糕:"您请回吧!"美人蕉:"慢走,常来!"

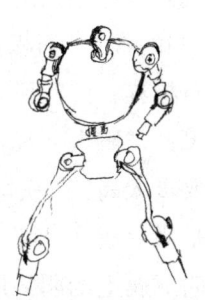

3. 书能通天做能通神

　　铁蛋糕沿着地柏棵子重新回到石板路，这使它又想起了石板上的"猫"。它对着石板说："石板猫，你穿得像个学究，这么急要去哪儿啊？"突然，铁蛋糕的铃体被一阵风卷了起来。
　　风裹挟着车铃前翻后滚飞到了 2 米高的空中，又在小花园里上上下下环绕了几圈，之后直奔假山而去。铁蛋糕不知发生了什么，自言自语地说："我做白日梦啦？"假山 3 米多高平时有猫住在这里，铁蛋糕正担心撞上假山时，铃体又飞冲而起最后悬停在了假山平台上空，又听"嗖"地一声，铃体不受控制地往下掉："完了！"想着是"筋断骨折"，没想到落下时却是四平八稳，悄无声息，铃脚上感觉多了点东西："落地没声儿？怎么站在山上了？小垫圈，是不是你在捣乱？"抬头一看，一只猫，正以可见的清风薄影形式站在面前，恭恭敬敬地说："谢谢你把我从石板上认了出来！"铁蛋糕："石板猫？"石板猫："对！没你我可能就被方砖替换了！"说着，又给铁蛋糕鞠了两个躬。已经缓过神来的铁蛋糕非常惊讶："换了……您不还是石板吗？"石板猫把猫爪翻转朝下："换到新地方我可能就粘泥带土脸朝下了，可能永远不会再被认出来！"铁蛋糕心里美滋滋的："这样啊，真是我把您认出来的？"石板猫："真的是，我问了！"铁蛋糕："问的谁？"石板猫："另一个你！"铁蛋糕："它呀！它怎么说？"石板猫："它说你是一个具有生命赋予权的人！"铁蛋糕觉得好笑："骗人，我自己现在还这样哪！"石板猫："没骗，它说你要求太高！"铁蛋糕："是有手有脚有翅膀吗？"石板猫："不是，是撒豆成兵，那可比有翅膀难多了！"铁蛋糕："鸿导说那是呼叫豆腐上的阴兵用的，没有实际意义！"石板猫："不对！那是调集千军万马的，完全可以做到！"铁蛋糕："撒把豆子就行？"石板猫："还要有召唤令！"

说话间又有微弱蓝光扫过地面，"嘶"，铁蛋糕觉得脚下被"扎"了一下，抬脚换了一个地方，石板猫解释说："撒是叫兵！"铁蛋糕："我那是吓唬门钉的！"石板猫变得严肃："君无戏言！要光吓唬它……你们写的作业不是白写了？"铁蛋糕："您怎么知道？"石板猫："也是另外一个你说的！我不仅知道你们的作业，还知道螺丝帽打到你身上！"铁蛋糕回头找了找小垫圈没找到："它怎么什么都说呀！"石板猫："不说我能知道有电兵吗？"铁蛋糕："电兵是鸿导说的！"石板猫："没错！但它不知道自己爆了一个大大的火花！"铁蛋糕："大火花？噢……它自己说的自己不知道，结果让另外那个我听走了？"石板猫："什么叫听走了啊，人家就是专门记这个的！人家听了不白听，马上想到电是运兵的！"铁蛋糕："它可真够机灵的！"石板猫："那进了耳朵还能跑得了？它说你现在能叫兵、能运兵就是没有兵……"忽然，石板猫不知被什么叫了一下，右耳朵向下"听"了几句紧接着补充道："……跑的是空车，你没有千军万马，白叫！"铁蛋糕："我没秘方啊！"石板猫："你有，你不仅有而且还看过！"铁蛋糕蒙了："我看过？"石板猫："对！你不仅看过还四处向人打听过！"铁蛋糕："我在哪儿看的跟谁打听了？"石板猫："天工开物！你打听过没有？"铁蛋糕猜着应该又是小垫圈说的："打听过呀！"

　　铁蛋糕回想起看到天工开物时心情难以平静的情景：问小椅子，小椅子说是"老天爷"；问门钉，门钉说用"铁砂掌"；问鸿导，鸿导说是有意义的高级思维！结合鸿导说的"天工开物"有意义和"撒豆成兵"的没意义，铁蛋糕不知道怎么把这两个结论联系到一起，它寻思着："书名……怎么就是……秘方呢……"它想问问小垫圈："另外那个我呢？"刚才是往两边看现在是在前后左右找。石板猫："先别找它我先问你，你是怎么看待天工开物的？"铁蛋糕："前边的没看见，就记着是一本书的书名。"石板猫："知道是谁写的吗？"铁蛋糕："明朝的宋应星宋先生！"石板猫右手拍左胸自豪地说："那是我家老爷！""啊？你是明朝的？"铁蛋糕惊得是瞠目结舌："我说怎么穿着古代衣服哪！"石板猫："原本我想直接回江西陪先生，可又一想不对！我应该帮你做点什么再走！"铁蛋糕有点顾虑："啊？那不是耽误您陪先生了吗？您还是回去陪先生吧！"石板猫坚决要帮："这么走了先生是要责怪的！只要你想实现撒豆成兵，我就求他上报灵魂院派他下来帮你！"铁蛋糕："我一张嘴就能喊来千军万马？"石板猫："对！撒豆和天工虚实互补，一个是想这样一个是可以做到这样！"铁蛋糕把它的顾虑说了出来："恕我无礼，您不就是只……猫吗？"石板猫："可我是宋先生家的呀，都说跟着瓦匠会和泥，先生的思想主张我略知一二！"铁蛋糕："我只知道书名，您能跟我说说内容吗？"石板猫："可以，想听一本书还是一句话？"铁蛋糕："一句话！"石板猫："一句话就是人为地把现有的、自然的改造成以前没有的！知道榻由树来、盐由水生吗？"铁蛋糕："不知道，说个简单的！"石板猫："那就拿黄豆做比喻，黄豆加水卤水石膏，稀的是浆、稠的是脑儿、挤干了水的是豆腐！"铁蛋糕："这么多？"石板猫："不多，手法不同结果不同，余下还有豆干儿、豆皮儿、豆腐丝！"铁蛋糕："神了！那您说我能用天工开物想个秘方吗？"石板猫："说的就是这个，万事没有现成的方法，只有自己想出来的才是自己的！作为预习你想好自己什么样了吗？"铁蛋糕："人形的呀！"石板猫："具体结构呢？"铁蛋糕："那不是首领负责的吗？"石板猫："谁是首领？你是！你不仅要想好自己还要负责喊来的千军万马！"

　　铁蛋糕与石板猫应该是不期而遇，自己虽然欣赏影片《铁巨人》的形象，但却没有实质的能力可以完成，更别提具体预想了。它低下头："没有，那我回去想想吧！"石板猫脸上露出一丝诡异的笑容："回去就晚了，赶紧……出来！"

　　小垫圈一下子就冒出来了，一出来就说："我已经替你想好了，咱们的结构是……"铁蛋糕打断它："你到底是谁？"小垫圈解释说："我是你的思维寄生体……"铁蛋糕："什么体？"小垫圈："寄生体！"铁蛋糕："你是说我原本没脑子？"铁蛋糕对寄生这个词非常抵触。

　　小垫圈："什么呀！你的脑子是产生想法的，我是跟着你那个想法来的办法。举例子说吧，你当初一直想下地……下来了

第五章　无心插柳

吗？"铁蛋糕："没有啊，是主任用锯条把我卸下来的！"小垫圈："下地是不是你的想法？"铁蛋糕："是！"小垫圈："主任用锯条卸螺丝是不是办法？"铁蛋糕："是！唉？"铁蛋糕似乎明白了两者之间的关系。小垫圈："你甭唉，如果我要说你是宋先生附体你是不是就高兴了？"铁蛋糕不好意思地说："是啊，肯定的！"小垫圈："那和思维寄生不是一样吗！前辈寄后辈，连宋先生都如是你还有什么不高兴的！"铁蛋糕："我已经转过弯儿来了，还是有办法好！"小垫圈得理不饶人："人家不过就是跟着你的想法来的办法，如果说有手有脚你不想干了我马上就走！"说完，假装转头要走。铁蛋糕跳过去真心拦住它："别、别、别，既然你是来帮我的那我们就是一个人了！"

　　石板猫对小垫圈出奇地客气："您两位惺惺相惜，您把您想的车铃侠结构跟它说说！"小垫圈："制作大铲的秘方是我的，如果没有撒豆成兵我可能勉强完成你，但要飞起来只能等大秘方了……"石板猫指指自己没说话。小垫圈也配合着点点头接着说："咱们的结构是：铃盖头、卡子脚、提溜脖子、链子腰，除了这些还差大部分的四肢！"铁蛋糕无比兴奋："身子呢？"小垫圈："另一个铃盖！"铁蛋糕："脑袋呢？"小垫圈："我主内，你什么样我什么样！"铁蛋糕："你是什么时候想的？"小垫圈："你说完就开始了，不然能让的拿攥在手里吗？"铁蛋糕问石板猫："我们除了想结构还做其他准备吗？"石板猫："做！一是找点零件做练习，二是想个召唤令，切记、切记、切记！"铁蛋糕："好，召唤令我马上就想，练习用的零件主任好像有一点！"石板猫："一点不行，至少需要2万个！"铁蛋糕："2万？主任可能只有十几个！"石板猫："十几个不过是九牛一毛，没三五头牛根本完不成撒豆成兵！"小垫圈说："我知道哪儿有但是现

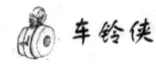

在去不了！"铁蛋糕："有一点算一点我们先练习！"小垫圈："行！"石板猫对小垫圈说："如果先生来了考你们，你们就说'天工赞赏的是心、开物记录的是术'14个字！"

这时，太阳缓缓升起，铁蛋糕提醒石板猫"太阳快出来了！"石板猫："好灵魂见得了阳光，我这就回去请先生！"小垫圈："江西可不近哪？"石板猫："我快去快回！""嗖"的一声，石板猫化作一股清风消失了。石板猫一走，铁蛋糕突然想起："我怎么下去呀？"只听"嗖"一声石板猫又回来了，对铁蛋糕说："我都快出河北了又回来了，你刚才落地无声是我把肉垫给你了，现在，我把我命以外的所有能力都给你，我快去快回！"说完，"嗖"的一下又不见了。

铁蛋糕："我们去演播室找主任！"说完，来到假山西侧离地最近的地方，"噌"的一下跳了下去，趁着车少人稀，像个"袋鼠"一样三跳两跳回到了有推拉门的卸货平台。

小花园之行让铁蛋糕受益匪浅，不仅聆听了天工开物词意解释，还让它知道了什么是火花，什么是跟着思维落地。人就是这样，你有什么样的念头就有什么样的办法相随，小垫圈不是思维潜入者而是有着共同理想的同路人。石板猫的出现看似铁蛋糕捡了便宜，实则是让好灵魂重新见了阳光。

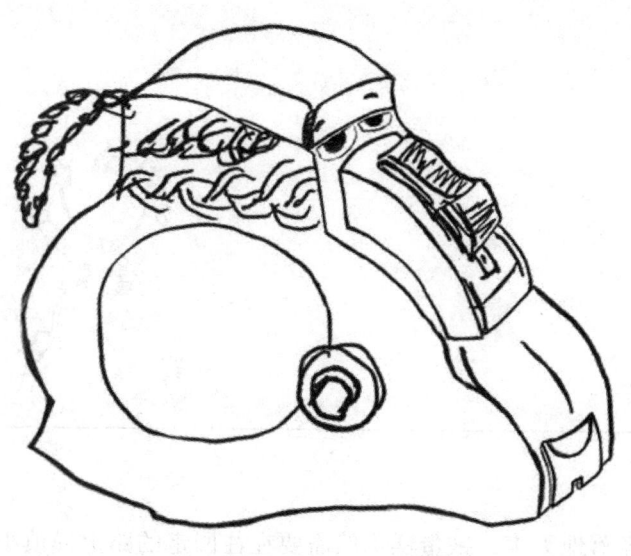

第六章　快马加鞭
Chapter Six

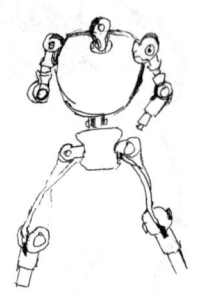

1. 紧锣密鼓

虽然已经落地无声,铁蛋糕仍然需要在往回走的路上谨慎小心,遇有风吹草动也会找个犄角躲一躲。由于想用的拿收走的零件作参考,所以想通过咖啡厅楼梯到演播室去找它,刚从楼梯上来就看见演播室附近有人在走动,没办法,只好先回2号库等待机会。

铁蛋糕来到铁笼子跟前,学着的拿的样子说了声:"开下灯!"等了片刻没有回应,它又轻轻喊了一声:"老牌,我回来了!"还是没有回答。它隔着笼子向里一看"嗯?"这不是椅子叔的椅子腿儿吗?它怎么坐这儿了?我的眼睛?铁蛋糕突然觉得自己的"眼睛"变了!想着里边漆黑一片,结果自己什么都能看清!嗳?是不是石板猫说的命以外能力呀!真得谢谢它,我先进去。铁蛋糕拱开笼子,"蹑手蹑脚"地从大椅子座

第六章 快马加鞭

子边上进到库中,走了几步,转身"抬眼"看向锣槌,只见锣槌身体前倾依靠着医药箱"侧耳"在听,这种景象以往是看不到的。也许是还没适应新增的"能力",也许是忘了自己行如"袋鼠",它想去找小椅子却忘了身在大椅子边上,转回身"噌"地一下直接撞到了大椅子前腿上,发出"噔"的一声。"谁?"大椅子"嗯"的一下站起来:"开灯!"铁蛋糕进退两难只好说声"对不起"。大椅子:"还回来干吗呀要我早走了!"铁蛋糕不知怎么回答好:"我没地方去!"锣槌:"进来也不说一声?"铁蛋糕:"我说'开下灯'了!"锣槌:"我没听见!"小跑驴:"主任刚走你又来,赶紧进来吧!""啪"还没等铁蛋糕抬脚锣槌又把灯关了,小跑驴:"怎不等人进来就关呀?"锣槌又是选择"没听见"。铜锣用了一句大椅子的台词:"啊!你怎么这么倒霉!"铁蛋糕不想搭理它,凭着获得的"猫视力"赶紧去了防潮层下。

　　黑暗中,铁蛋糕小声问小椅子:"主任找我了吗?"小椅子:"找了,一看你没在就把老牌拎走罚站去了!"铁蛋糕内心自责:"都怪我!"小椅子压低声音:"班长也来了,它把坏的灯泡换了,还拉了一根电线,又和主任在后边鼓捣了半天,主任教它'左零右火',教它用胶水结果把手指头粘上了……"铁蛋糕并不知道拉线换灯要干什么,只关心能否要回零件和替提示牌求情:"你上次上学怎么走的?"小椅子一五一十地把自己所走的线路告诉了铁蛋糕,铁蛋糕:"主任还来吗?我想替老牌求求情……"

　　忽然,门钉摸黑偷偷从上边下来了,落地后轻抬腿慢落地将双脚落在了1米以外的沙发B扶手附近,先将右手伸到货架上的小军鼓后面,再回伸左手把防潮层下小捆物资扒开,用手在里面

137

摸索了一番后"啪"地一下把灯开开了。亮的灯，正是它早上换上新灯泡的那个。灯一亮，它开灯的左手马上缩了回去，右手依然放在小军鼓后面，给人留下一个右手开灯的错觉。猝不及防的锣槌赶紧用头去"关"另一个开关却发现顶不动，门钉："别撞了，没用！"大椅子"嗯"地一下站起来："你们要干吗？"门钉："更好的演出啊！这个灯明暗可调，再加上一个手电筒追光这一套就算齐了！"大椅子："你们把开关挪了人来了怎么办？"门钉："开关是双路的！"大椅子："那锣槌怎么关不上？"门钉："用胶水粘上了，到时候它是演戏呀还是管灯啊，是不是啊椅子叔？"说完，脑袋向后一仰，仰面朝天走向小跑驴方向，气得大椅子脚往后撤，真想踢它一脚："瞧你那个德行！"门钉一点不生气，欠身歪着脑袋对小跑驴说："德行不好心眼好，是不是跑姐？"小跑驴："是够德行的，把腰直起来！"

　　门钉接着走向防潮层："我是来请小节子的，电影迷，跟我玩儿去！"自打门钉一下地，铁蛋糕就看得清清楚楚但它没敢问。小椅子："是上学吗？"门钉："不是！干别的！"小椅子惊讶地问："干什么呀？不是当飞天椅子吧？"门钉歪着脑袋向上看了一眼，回答说："谁知道呢！反正快马计划又加了一鞭，什么这个那个都要小型化！"小椅子："我还往哪小啊？"门钉："快的这一鞭是进一步改造，你和蛋糕首当其冲！"小椅子略感吃惊："又动手术啊？"门钉："你命硬扛得住！"铁蛋糕担心地说："我可不让你们改啊！"门钉把脸凑近铁蛋糕："班长说话你敢扑棱脑袋？过来让我量量身高！"铁蛋糕想躲但是躲不开，被门钉以腿当尺摁在腿边："8厘米，8加6等于14，长到14怎么样？"铁蛋糕："不够20你别琢磨我！"门钉又将双腿延长到20厘米以上，用手在铁蛋糕和20厘米位置比对了一下:"我觉得够呛,回头我给你问问,晚上还有事我和小节子先走了!"见它要走,铁蛋糕忙说:"班长,不关老牌的事别罚它了!"门钉想都没想:"没罚呀!是到楼上给面条当镜子去了!"铁蛋糕:"当镜子?我可是照过一回的,横扭!"门钉:"它以肥为美出镜子才好呢!"小跑驴:"甭管那么多,眼大就行!跟它说抬头能出双眼皮儿!"门钉:"一定带到,拜!"铁蛋糕心说:好吧,那就不打听了。门钉先把小椅子举到管道路,然后用同样的错觉方法把灯一关,上了管道路。它不知道,紧随其后与它同行的还有一条虚形白影。

　　门钉一走大椅子下令开灯,锣槌迫不及待地跳到了机凳上:"大哥,它们单弄了一个开关!"大椅子:"都是你给鸿导关灯闹的,你有点飘!"锣槌不在自己身上找原因:"哪是我呀,铁蛋糕不来没这事!"说着,下到地面来到防潮层跟前,冲着铁蛋糕说:"哎,知道开关在哪儿吗?"铁蛋糕:"不知道!"锣槌:"骗谁呢狗都不信!"铜锣爆笑一声:"哈……我们信啊!"锣槌听了有点发蒙:"嗯?"大椅子站在小跑驴附近埋怨锣槌:"说话不过脑子!哎蛋糕,打听一下,什么叫飞天椅子呀?"铁蛋糕把从电视上看到的万户事迹跟大椅子说了一遍,大椅子听了心情略显沉重,铁蛋糕:"您怎么了?"大椅子:"呃没事!再问你一个:知道那开关在哪儿吗?"铁蛋糕虽然知道在哪儿但不能如实相告:"椅子叔,我看它手在小军鼓那划拉了一下!"大椅子:"我也看见了!军鼓,在你那吗?"小军鼓:"没有!"锣槌又回到铁蛋糕跟前:"那就在你那呢!帮我看看!"

　　铁蛋糕拥有猫视力,对门钉的一举一动了如指掌,门钉扒开小捆物资后按了一个黑色的"两头翘"小开关,从开关的高度来看,这个开关就是专门放在这儿的。

铁蛋糕根本不理锣槌，一个袋鼠跳跃上了沙发B扶手，再一跳上了沙发背，往那儿一"趴"不言声了。锣槌气急败坏绕到沙发这边就往上跳，但偏软的沙发面又使它难以立足。这时，滚到沙发B扶手的铜锣不干了："下去、下去赶紧下去！"铜锣与锣槌天生冤家，平时还算嘴硬的铜锣见到锣槌就发抖。铁蛋糕很想一跃跳上管道路，但最终还是下到了地面躲进了沙发下面，它刚进去大椅子又过来了，就听它说："蛋糕，那底下脏快出来，听见没有？"又对锣槌说："你，上铁笸子那儿等我去！"锣槌不敢怠慢"腾、腾、腾……"几下跳走了。铁蛋糕虽然不知道大椅子出于何种目的，但依然觉得心里热乎乎的："听见了！"

　　铁蛋糕回到防潮层下，想着小垫圈的"去向"也想着打雷那天自己要是也能变，会和现有的谁更接近？两辆车还是俩猩猩或者是那只小狗。不大工夫小垫圈就回来了："那边太黑什么也看不见……"

　　回到2号库，铁蛋糕本想找到零件做练习，没想到盒尺精灵早已按照预订计划开始行动了，门钉更是忙得不亦乐乎。

　　小椅子跟着门钉过"风口"来到了隔壁的审看小礼堂的主席台下，这里是一加二工作室的实际所在地。借着离墙很近的管道向前走，走了10多米后门钉打开手电向远端晃了几下，远远的对面墙下亮起了灯光，这个灯就是原来鸿导蜗居里的。见门钉往自己跟前走，鸿导问道："来了吗？哦，看见了！"鸿导接过小椅子让它坐下："别站着坐下！"小椅子放下椅子面坐好："您找我？"鸿导："听说你钢珠球踢得不错？"小椅子："蛋糕踢得比我好！"鸿导："回头组织组织我也参加，这事先撂下，我们想给你安上手臂。"小椅子："不是让我当飞天椅子呀？"鸿导："不是，我们是想培养你当灯光师，真正的！"一听不是往身上

第六章 快马加鞭

捆火药小椅子高兴了:"您是让我替锣槌?"鸿导:"跟它没关系,它是开灯的,你服务的是艺术。跟你商量一下,我有个快马计划需要给你安上手臂,但你得承受改造中带来的痛苦!"小椅子:"我本来就是试验品!"鸿导:"绝对不是!你是主任的劳动结晶,是我们的希望!门钉虽然像我们但不是亲生,你长得不像但你是,我们保证绝不伤害你!"小椅子:"那就把蛋糕也叫来吧!"鸿导:"好同学!它也是快马的一部分但改造难度比你大,先你后它,你是样板!"

鸿导转对门钉:"从今天起你可以跟主任叫师傅了,师傅是什么?前人的肩膀!我们对你寄予了很高的期望!"门钉叫了"师傅"。的拿拿起一把袖珍锉:"人的进步是从使用工具开始的,我们也一样……"放下袖珍锉又指了指自己用电动剃须刀改装的"电动"工具:"这些工具好不好?"门钉:"好!"的拿:"方不方便?"门钉:"方便!"的拿:"但你不能上来就使,对你来说这些工具非常危险,为了安全你应该先从手动工具开始!"门钉:"谢谢主任!"鸿导:"师傅!"的拿:"没那么严格,给它量了吗?"门钉:"量了,它自己想长到20!"鸿导左手扶住管道将右腿延出40厘米然后举过头顶,用手掐在20厘米位置上:"到我这儿,怎么样主任?"的拿:"大脑壳小细腿儿,12厘米的腿那不成仙鹤了,咱先干正事,小节子忍着点啊!"此时,的拿已将百宝箱和大部分捡拾物资都转移到了这里。的拿把一个记号笔交给门钉:"拿着,左臂量右手画,点个点儿,用锯条拉个豁……"随手拿起一个钉子:"也可以用水泥钉点一下……"又指着一个手摇钻问小椅子:"这个眼熟吗?"小椅子:"不记得!"的拿:"你就是我在这儿做的,当初钻眼儿可难了,今天还得用它!"

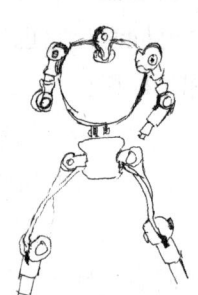

2. 防不胜防

"胡编乱造!"这是大铲对美人蕉复述的大长腿所编话剧的评价。假山花园里,4个自行车精灵正在避寒棚内商讨对策,大铲:"我想过了,咱们最好也能抓它们一个!"美人蕉:"抓住一个就扯平了!今晚咱俩就去窗户那儿等它们,顺便还能卸点零件!"大铲:"它的事先放一边,你知道它变完了帮谁呀?"美人蕉:"你老这样儿!"守业摇着气门芯尾巴说:"午马说它们胳膊也特长,千万别再饶一个!"这句话又让大铲不高兴了。

午马见过的拿,深知对方手的厉害,大杠的管儿状腿非常容易进土需要经常不断地磕打,轻微的强迫症迫使大杠每次都要看看出土量,大长腿就是趁它低头看磕打效果时抓住它的。午马虽然没被抓住但心里仍然后怕:"我担心铲哥的腰啊!它们隔着老远就能伸手!"大铲腰腹弹簧先是一紧马上又放松了:"原本还

第六章 快马加鞭

想哆嗦一下……"将大手攥成拳头,"再一想,谁抓谁还不一定呢?"又将攥成拳头的手举起来向内用力一翻,"这要让我抓着,我不拧折了它!"看到大铲膂力过人,3个精灵提着的心稍稍放下来一些,午马:"要是有3个您就好了!"大铲:"我一人就行!它们跑得快就行!"美人蕉:"可别打人家,咱是为了交换!"

当晚9点多钟,大铲坚持要进到楼里抓一个,理由是可以连带救出大杠:"这会儿它们都该睡着了!"美人蕉:"咱俩一块去吧!"大铲不让:"我怕你看见电视走不动!"午马:"还是去窗户那打埋伏为好!"大铲男子汉气概十足:"那叫暗箭伤人!"守业:"我就不说什么了,你可得回来呀!"大铲:"你盼我点好!"美人蕉:"守业也是好意。"大铲对美人蕉说:"你把捡到的树叶看好,那是它们的罪证,把我搬来的半块空心砖也看好,那是它们的牢房!"美人蕉:"别忘了楼里的心眼多啊!"大铲:"社员同样有高招!"美人蕉将大铲送到西入口仍不放心:"谨慎、谨慎、谨慎!"大铲回以:"小心、小心、小心!我得看着你回棚子,以防它们再次偷袭!"美人蕉无奈,带着对大铲安全的担心走向了避寒棚。

选择9点行动是因为它对楼内的作息时间不了解,盒尺精灵一般会选夜色更深的时候。大铲瞄着前边台阶的方向从车下往前走,前边出现两个并排的空出的停车位,其中一个车位中间插着一个禁止停车牌,只要过了停车位就可以上台阶了。

正准备通过车位时从右侧传来一个说话声:"我到篮球场了马上就到,2分钟……"有人来了?大铲灵机一动躲进了叉着"腿"的禁止停车牌下,还在庆幸自己会找地方时,叉着腿的禁止停车牌突然"双腿"向内一夹,把毫无准备的大铲夹住了:"唉!怎

143

么回事？"它赶紧压低臀部想凭蛮力退出来，粗壮的臀部只向后一坐便将臀部和后半截身子带了出来，但两个前臂却让提示牌的柱形框架箍得死死的，双手也随着这股力量交叉在了胸前，大铲使出浑身的力量胳膊也没拧过大腿。

忽然，它感到两个脚脖子被人攥住了，又听见有人说："给它捆上！"双脚一被捆上大铲就知道自己中了圈套："谁这么坏？"的拿从大铲身后露出头来："我呀，你往后看！"大铲把头扭向身后："大长腿？你这个坏蛋！"的拿："小心腿长的人揍你啊！来、来、来，你再看这个！"说着，把手伸进挎包里，大铲怒问："你要干吗？"就在眼睛盯着的拿时，一根捆绑带悄悄从它交叉着的手臂下穿了过来，只听"刺"的一声大铲的双手也被捆上了，这是门钉实施的。大铲气恨相加："你们是卑鄙小人！"的拿从挎包里掏出一根小口径橡皮筋递给门钉，趁大铲注意力转向门钉时从后边捏住了它的嘴："套上！"可怜的大铲有心骂街无力开口，纵有高招千种也只能留在心里了。的拿夸奖提示牌："没你还真逮不着它！回头多送你一份劳保！"提示牌："谢谢主任！累得我大腿根直疼！"

的拿将大铲拎到大树边上，借着货梯上边的路灯突审大铲："唉？能好好说话吗？不能咱就这么勒着！"大铲眼珠转了转但说不了话，过了一会儿，的拿："告诉你啊！我可有的是办法对付你！"说着，伸手把皮筋取了下来。大铲上来就问："铁蛋糕呢？"的拿："没在。"大铲："你们联合起来骗我！我上它当了！"的拿："你是上周瑜的当了！"大铲："它还有弟弟？"门钉张大嘴巴表示吃惊。的拿："它没弟弟，只有一个师傅叫蒋干。"大铲生气了："别说我听不懂的！你干吗逮我？"的拿："你有变化秘方啊！"大铲："谁说的？大杠还是铁蛋糕？"的拿看向门钉:"原来那个爱较真的叫大杠,我说的呢!"大铲:"你们是公开的吗?"

的拿从挎包里掏出一个2寸照片大小的硬纸片:"看见了吗?这是我的进楼证!除了播出哪儿都能进,还有……"的拿又翻出几张对折的纸片:"这是我们请嘉宾用的餐票,10块的、15块的,还有30块的!"大铲哪里见过:"你们敢见人吗?"的拿:"敢呀!这餐票都是从人那领来的!"大铲:"能保障我的安全吗?"的拿:"没问题!没有比中国更安全的了!要不你把秘方交出来也行。"大铲:"不可能!我还不知道你要公蚂蚁干吗呢?"门钉再次诧异:"公蚂蚁?错了吧?"的拿:"没错,甭管公母你先给我来一个!"的拿明知不是一个概念,因为要检验一下大铲是否真有变化能力,所以也没拆穿。大铲:"我没零件!"的拿:"我们有,走,把嘴勒上跟我们上楼。"大铲心想:我正找不到路呢,小子!等我腾出手来再说!

的拿拎着大铲,门钉提着提示牌,它们没有回到地下室,而是向垭口右侧的景具临时周转库走去,借着外型高大一些的景具上了有窗户一侧的管道路,走了大约40米,就看到了鸿导曾经带着小椅子走过的那个"天桥",它们可以通过旧的消防箱进到演播室。

的拿将大铲带到了地灯效果比较好的审看间门外,这个维修口下边是主、副楼的连接通道,通道一侧有宽大的玻璃窗,白天自然光充足,夜晚照明形如白昼。

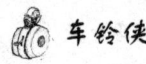

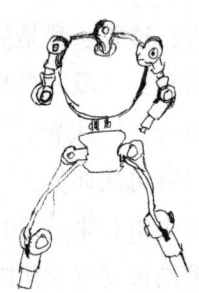

3. 较量

鸿导和面条在此已等候多时,看到抓到的大铲非常高兴,让门钉先把提示牌送回小礼堂在那待命。鸿导借助地灯看大铲:"这么的(大)个儿啊?你们仨一人一个三等功!"面条看着的拿:"真有个首领样儿唉!叫什么呀?"的拿:"没问。"鸿导:"那就撒开吧!"面条以为是松绑,伸手就奔大铲的手去了。

面对机会,大铲的手本能地张开了一些,但当面条的手伸过来时它又放弃了,冲着面条吼了一句:"离我远点!"的拿感觉不对伸手拽回面条其实有些晚了:"你胆也太大了!"面条:"没事啊!"的拿:"什么没事?你忘了它撅树枝了吗!"鸿导:"赖我赖我,我说的是嘴!"的拿怕大铲突然咬它,一手先捏着大铲的嘴边,另一只手往下褪皮筋:"别咬我啊!"皮筋刚一退下面条就欠着身子问:"怎么称呼啊您?"大铲不答,把嘴努向的拿:

第六章 快马加鞭

"让它问!"的拿果断拒绝:"你爱说不说!"鸿导真心想知道:"见到你真是三生有幸……"大铲:"我一幸也不幸!"鸿导笑笑:"哈哈还挺幽默!我叫鸿鹄,它俩是我同事,一个叫的拿一个叫面条,还有一个叫门钉……"大铲:"它应该叫坏水儿、坏包!"大铲指的是的拿。鸿导:"嚯!坏都不行还得坏出包来?其实我们怕失礼,不然给你起个外号也不是不行。主任,去把专门给人起恶心外号的老七叫来!""好嘞,肯定好听不了!"的拿答应一声假装转身要走。大铲:"你敢?"鸿导:"这不就得了,你说你有名字不说,我们可不就……"大铲瞪了的拿一眼:"你这卑鄙的大长腿!"随后向鸿导报了真名,"我叫铁摩托大铲!"的拿:"这名还不错!"鸿导:"好名字!配得上你的身份!"面条则对"大长腿"一词产生了好感:"大长腿多好啊!谁给起的?"的拿一指大铲:"它呗!咱自己肯定不叫!"大铲:"胡说!这是午马起的!"的拿伸出一个指头:"还有一个?"大铲气愤地说:"还仨哪!"鸿导五指头全张开一脸惊喜:"带下去!"

大铲被带到当时铁蛋糕"窃听"的地方,经过一个向下的方形管道,被鸿导和的拿接力传送到了小礼堂主席台上,由于观众入口门都锁着门钉把台灯拿了上来。

鸿导对大铲说:"看见这舞台了吗?我以你为原型写了一个丛林之王,我们需要大量的演员和道具……"大铲:"铁蛋糕没告诉你吗?"鸿导看了一眼的拿:"没有。"又转回来对大铲:"说啦!它说秘方在你这儿!"大铲:"说没说过我就是不给呀!"鸿导:"别赌气,请你来是让你帮忙的!我设计你有两个大姨子、一个小姨子,你是它们的大王!你要不愿意……可以把秘方告诉我们,我们替你代劳。"大铲:"你先把你们的给我!"鸿导:"那哪行啊!说破了就不灵了!"大铲:"我也一样!我比你还多个更字!"鸿导:"更不更的先放一边。你可以留下来呀,省得风吹雨淋是不是?"大铲提出条件:"那你得把我和大杠先放了!"鸿导看向的拿,的拿把眼一闭,凸出下唇摇摇头。大铲并不甘心:"单放我也行!"的拿看着大铲的手:"更不行!"大铲最新建议:"掰个手腕?"的拿:"掰不过你!"鸿导:"铲先生,你们的车棚我去看过真是惨不忍睹,这样吧,你先在这儿待几天,和大头羊说说话儿、聊聊天,顺便做个保养。"主席台两侧分别有一个维修门,高度可供一个成年人猫腰进出,的拿将大铲拎到了主席台下中间的地方,将它和先期到此的大杠一起交由提示牌看管。

此时,大杠的车座子和大梁正被一黄、一蓝两根电线拴在管道上,嘴也被勒着,看见大铲被抓住本能地蹬地向前,无奈车座被拴力不从心。的拿用一根红色电线将大铲同样拴在管道上,留出的间距让它俩谁也够不到谁。除去皮筋后用警告的口吻说:"我也不想再勒你们,自觉点!"大铲上来就说提示牌:"想不到你也这么坏!明着来敢吗?"提示牌:"主任说敢我就敢!"的拿吩咐门钉:"把老牌带那边让它歇会儿!"大铲:"呸,我跟你没完!"

的拿一走大杠就哭了:"铲哥,真对不起!我太笨了!"大铲:"哭有什么用?快过来!"说着,舒展身体伸手去够大杠,能够到大杠的前轮却够不到电线,气得它:"真是坏得冒烟儿!见过一个车铃吗?"大杠:"我见它干吗呀?"大铲见它又要抬杠无奈地说:"好……这也有一个车铃,我是听了它的学舌才来找你的。"大铲展示被绑的双手,"你也甭问了,现在是:它在哪儿?能不能帮咱一下!"大杠:"我听见俩尺子编瞎话骗它。"大铲:"它也是受骗的?"大杠:"它们骗它说:要让你把它变成小猩猩!"大铲:"我哪会呀?"大杠:"守业说你会……赶紧跑！"大铲："不是我喊的！要是我，我能让它们抓着吗？"大杠："那就跟它们直说！"大铲："不能！说了咱就没命了……"

的拿回到主席台有工具的那边，问鸿导："要不要问问铁蛋糕？不行我去试试！"鸿导："它们首领都来了先甭理它了，先这样儿！我们拿它分析一下……"说着，举起右手把手张开："现在，听着它们总共5个，记得铁蛋糕要变成什么样儿吗？"门钉："有手有脚有翅膀！"鸿导冲门钉比画了一个OK手势，接着说："咱们依据一种可重复的方法分别有了你我，再看逮着的这俩，毫无共性！那天跑的那个也不一样！"的拿："仨人仨样儿！"鸿导："这词用得好！仨人仨样儿说明它们比咱花样多！"的拿："要不我把那仨都弄来？"鸿导轻声说："不忙！咱们抓它的本意是什么？多样化！花样多了戏路才宽！"的拿："现在加铁蛋糕一共6个能成一台戏了吗？"鸿导："可以，我可以给它们量身定做专门编一个，不行咱就在这演！小节子，灯光是很重要的技术活，有信心学会吗？"小椅子"两臂"用黑胶布缠着，向上跳了一下回答说："有！"鸿导对提示牌："这两天你也辛苦，等我把这边捋顺了你还回去！"提示牌："没问题！"鸿导对门钉："那俩身上太脏，找块毛巾给它擦擦！"的拿："啊！还得伺候它！"鸿导："耐心点吧，我们把它说通了那就不是6个了！"的拿对门钉："那就上2号库拿块新的,顺便抻两根管再看看铁蛋糕！""好嘞！"门钉答应一声出去了。

到了2号库，门钉大喊一声："开灯！""啪"锣槌居然把自己掌管的那个开关按开了，门钉也不言谢先对小跑驴说："跑姐，我又来了！"小跑驴："来了好，年轻人多干点没亏吃！"大椅子从磨盘边上站起来："小节子怎么样了？"门钉："还行，挺好的！"铁蛋糕："唉班长……"门钉说声"待会儿"几步走到靠门的货架跟前，把锣槌边上的那个医药箱搬到了地上，从箱子里拿出一小块儿带有十字标志的白毛巾。刚拿出来，就听站在货架边缘的锣槌大声说："主管，有人往外拿东西！"小跑驴："拿什么了臭小子？"门钉把小毛巾举给它看，小跑驴："干吗用？"门钉："擦东西！"小跑驴："想着把医药箱放回去啊！"门钉抬手给小跑驴敬了个礼："保证的！"

　　门钉拿着毛巾来到了铁蛋糕跟前："你刚才说什么？"铁蛋糕："能把大杠放了吗？"门钉愣了一下予以否认："谁叫大杠？没这人！"铁蛋糕："那，能把主任拿走的零件给我吗？"门钉："帮你问问！"铁蛋糕："小节子呢？"门钉看了一眼远处的大椅子，小声说："我给它打了个5个圆的孔！"铁蛋糕心里咯噔一下："这么大？"门钉突然想起什么："哦对了……"说着，从小捆物资中抽出两根小拇指粗细的米色彩喷管："主任说用这给它做胳膊！"铁蛋糕："用这个？"门钉："那不然呢……"铁蛋糕还想再问，门钉却起身要走："先走了，跑姐再见，一堆叔叔再见！"也许是匆忙，门钉忘了把医药箱放回原位就走了。

　　门钉一走小垫圈就出来了："我追它去吧？"铁蛋糕："待会儿再走！我觉得零件应该在演播室，小节子说的路线你还记得吗？"小垫圈："记得，我先摸摸去，如果没有录节目我就回来叫你！"小垫圈走后铁蛋糕想了许多：主任拿着零件又没用干吗不给我呢？铁管做的手臂能和小椅子的金属框架融合吗……

4. 巧妇难为

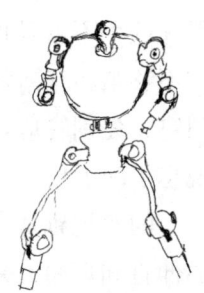

　　与演播室蜗居相比,主席台下的写作条件远不如没有录制节目时的蜗居安静。鸿导原本不用待在这里,但抓到大铲被它认为是一件"人生"大事,它要留下来随时处理情况,虽然这里有点脏乱但并不影响构思。

　　门钉回来把米色彩喷管放下,说:"它刚才问能放大杠吗?"的拿:"你怎么说?"门钉:"我说没这人,不知道!"的拿:"甭着急,马上就让它们见面,你先给它擦去吧!"门钉去给大铲做擦拭保养,的拿把门钉带回的彩管先截成小段,然后再锯成30度左右的斜坡,一边锯一边小声议论门钉:"不知道,没看见,这孩子学会打官腔了!"鸿导:"往里傻真好!"过了一会儿,门钉回来要找一块砂纸给大铲除锈,的拿:"顺利吗?"门钉:"一看新毛巾差点激动哭了!"鸿导:"这么好打发?"的拿:"以

151

车铃侠

前擦车都使棉丝,谁舍得用新毛巾擦它啊?给它找块细点的!"门钉在伸手从的拿的百宝箱里翻找时看见了几个自行车零件,随手拿了一个闸拉杆活节问的拿:"师傅,蛋糕还跟您要您拿走的零件哪。"的拿:"不给,咱这还不够用呢!一个它、一个大杠得用多少啊?"鸿导延长双腿:"要不我出去再找点儿!"门钉:"好像没了,椅子叔说两公里内毛儿都没了!"鸿导一愣:"啊?那你这手不就是耙子?"的拿笑了:"咳,本来剩得就不多!实在不够咱还有锯条呢!"鸿导:"锯条?"的拿:"甭问那么细!门钉,先别答应它啊!"门钉把拿起的活节放在管道上:"我就说忘了问了!"

的拿把锯成30度斜坡的两截彩管做成公母连接,用作手肘的伸直和弯曲,并不时地拿到小椅子身上比对。门钉拿着砂纸还没走,问的拿:"师傅,这手怎么办呀?"的拿:"剪铁片!或者把这管儿中间剖开,留一小节当腕子!"门钉:"那还不如找个小勺儿试试哪?不锈钢那种……"边说边拿起刚才放下的活节做说明:"把勺子把儿插这里,这边接在肩上,勺子做5个指头。"的拿看着门钉:"好主意!"说着,伸出从远处找出一个小钢勺,甩了甩接着说道:"接着说!"门钉把活节横向摆放,把勺子插入活节开口,又指着勺柄中间说:"从这锯开一分为二,有勺儿的这边当手……"鸿导听了关心地把脑袋伸了过来。的拿:"那肘关节呢?"门钉指着已经连接在一起的彩管说:"也这么接呀!"的拿想了想,随手拿起两个闸提溜:"有现成的!你锯这个我干这个!"

门钉把钢勺锯成两截,的拿把两个闸提溜尾对尾相接,然后再和锯开的钢勺打孔相接。但两者组合后问题也来了:关节只能横摆不能曲臂。门钉:"这我没想到!"的拿:"变向!

大臂上横下竖中间拧一下!"门钉:"我来!"的拿:"先别拧!鸿导,能给它这个提议记个功吗?"鸿导:"可以是可以,但最好等小型化全面铺开以后再说,因为还有面条,在立功获奖面前我想大家机会均等!"的拿:"这个我忽略了!"鸿导笑脸对门钉:"你能学以致用说明学没白上!你除了武打片还喜欢看什么?"门钉:"我没的看了才看武打片!"鸿导:"哟?那可错怪你了,小红花……没有过就没有过吧,啊!"的拿:"我记得有过呀?"鸿导:"可能是一忙记在别人身上了,先胖不算胖,男子汉不争一时,抽空我都给你们补上,有什么要求尽管提!"门钉:"让师傅多让我干点!"的拿:"我怕锯着你手!先不擦了,把那俩都给我提溜来!"鸿导:"提审?"的拿:"不,刺激!咱不是两条腿走路吗?我要让大铲看看,没它,我们照样也行!这钢勺胳膊上不是有它们的东西吗?我看它能不能跨界动起来!"鸿导:"能动就说明它愿意帮,小节子就算成功了!"的拿:"至少缩短融合时间!如果零件够用就让它一下出4条胳膊!"鸿导:"4条?熬着吃啊?"的拿:"后边不是还有蛋糕呢吗?一就势儿了!我要诈、诈大铲!"

鸿导延长脖子把头伸向门钉:"你也将它一军,我跟你说……"门钉听了不禁哈哈大笑。

不一会儿,双手被捆还依然牛气冲天的大铲和没有反抗能力的大杠一起被门钉拧了过来,大铲看见的拿上来就问:"又冒什么坏水儿呢?"的拿:"就跟你多好似的!知道叫你干吗嘛?"大铲:"要秘方,没有!"鸿导:"我们谁也不要谁的了行了吧?咱各自保密!我有个事想麻烦你……"说着,把小椅子叫到跟前,又拿着只能横向摆动的手臂问大铲:"能指点一下这个吗?我们想给它安两条胳膊!"大铲:"指点不了!"的拿刚说了声:

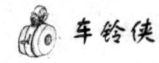

"为……"就被鸿导拦下。

鸿导:"你这是谦虚!你看你把大杠做得多好,它这样子,我这辈子都想不出来!"大杠:"我一分钟就行!"的拿:"你抬杠!"大杠:"谁抬杠啊?超过一分钟就上大卡车了!我们得赶紧想!"的拿:"你是你自己想的?那它呢?"大杠:"它?"大铲心想:"完了完了……"哪知大杠:"它?它出仙气儿呀!'噗'地一下我就这样了!"大铲悬着的心下来了,但口气却上去了:"就一跺脚的事儿!"鸿导:"嗷……你们是这么来的?那我们这个不就更容易了?怎么样?给跺一脚吧!"一边说一边横向摆弄钢勺手臂。大铲:"用我们的零件给你们安?这不是狗孵鸡蛋吗?"鸿导把钢勺手臂放下:"真难听,那要专门改造铁蛋糕呢?它找你的时候说了没有?"大铲:"说了,但我没答应啊!"鸿导:"干吗不答应?"大铲:"它要人形的我能答应吗?不想想!"的拿左手扶住门钉右臂:"照你这么说,我们就得一个比一个差是吗?"大铲:"别跟我耍态度!我答应它找够零件再说!"

的拿面带神秘从身边各处拿上一些自行车零件:"我'请'你的时候就说过我有!看看够吗?"大铲瞥了一眼:"够了我还加塞儿呢!"鸿导拉下脸说:"你这是什么首领啊?真没见过你这样儿的!"说着,脑袋向门钉扭了一下:"上作业!"门钉都快等不及了,气呼呼地说:"你有什么呀?"大铲一听果然急了,反问道:"你有什么呀?"的拿拿起锯条:"我们有锯条!我可以用铁蛋糕做一个小号儿的你!一个小铲!"大铲:"你敢!"的拿:"锯在我手里,别到时候它都成主演了你还在这儿……啊?哇哇大哭哪!"大铲:"你真卑鄙!"的拿:"你除了说卑鄙还会说别的吗?有本事也让我说你一句!"鸿导微微屈身好言相劝:

"铲先生帮帮忙,我们不会要太多就一个铁蛋糕!给它看看……"

的拿把画有铁蛋糕改造草图的一张月历牌纸拿给大铲看:一个转铃的两个铃盖中间各向下画了一条延长线,手就是一个圈,铃脚已由铃卡子改成的"大胯"代替,以前铃卡子的两个孔是平面的,现在改为了侧面,以下还有关节和脚。鸿导:"怎么样铲先生?答应合作吧,我们尊重你的劳动!"大铲:"我要是答应不了呢?"鸿导真生气了:"答应不了就别回家!"说完,冲着门钉一摆手:"走一个!"

刚才还有一点耍赖心理的大铲此时内心十分矛盾:我就是现在说了它们可能也不信,不让它们抓住多好!哎……虽然心情沮丧,但大铲依然强硬地对的拿说:"跟你说啊!你要敢动大杠一个手指头,我就跟你玩命!"大铲被带走后,的拿仔细观察了大杠的全身,看着、看着突然有了大发现,猛醒似地挺直腰板:"这得感谢铁蛋糕!"鸿导:"谢它什么?"的拿:"神一样的闸提溜无处不在!你看!"鸿导:"承上启下!我怎么觉得是我说的?"

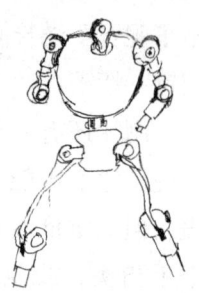

5. 层层剥茧

2号库里,小垫圈已经把外出探路的结果告诉了铁蛋糕:"节目早录完了,路上非常不好走……"一直想着后半夜动身前往演播室的铁蛋糕又想起了钢珠。它暗中与小垫圈商量:"唉那个我,咱能用钢珠试试吗?"小垫圈:"试什么?"铁蛋糕:"召唤令啊,我试试用撒豆成兵能不能把它们叫来!"小垫圈:"肯定不行要行早来了,咱再琢磨琢磨,争取在宋先生来之前想好喽!"铁蛋糕:"他什么时候来呀?"小垫圈:"你的四肢我还没确定,你以为我不急呀!"

铁蛋糕正在将自己想过的几个召唤令进行对比,忽听铁笼子外有人喊它和铲哥,声音不大却很清晰:"铲哥,听到我说话吗?铁蛋糕,铁蛋糕……"

铁蛋糕立刻想到这可能是美人蕉,它怎么来了?一定有事!

想到这儿,铁蛋糕一步窜上沙发三步并一步来到了铁笼子跟前,对大椅子说:"椅子叔,有人找我!"大椅子用一条腿抵住铁笼子:"干什么的?"铁蛋糕:"亲戚,我们是一个厂家的!"大椅子依然抵着铁笼子:"主任知道吗?它要说我怎么办?"锣槌:"这可不是存车铺啊!"小跑驴:"你们家没亲戚吗?"锣槌:"没有,我石头子崩的!"铜锣一针见血:"说白了就是小心眼,怕人把它顶替喽!"大椅子气急败坏,向前跨了一步又回来,抬脚把门钉忘了放回去的医药箱踢到铁笼子下,目的是防止铁蛋糕从这儿出去,然后走到沙发跟前说:"就为这个怎么着吧?"锣槌也下来了,"想换人没门儿!"

  铁蛋糕想起曾跟美人蕉说过这里正在排话剧,美人蕉也想来看看,但它说过是以大杠回归为条件的,莫非大杠回去了?一边说:"让它进来我问问行吗?"一边暗中调动小垫圈出去寻找。大椅子:"进来让鸿导看见怎么办?"铁蛋糕:"我保证不让看见!"锣槌:"你说得好听!真叫你演你敢不演?"铁蛋糕:"我保证不演!那个剧情没意思!"锣槌:"嘿!可抓着你的把柄了!我告你贬低导演!"大椅子转忧为喜:"到时候可别不承认啊!这有证明人!"正说着,医药箱发出"哧哧"的响声被人从外向里推开了,美人蕉从外边进来了,一进门就问:"铁蛋糕呢?"铁蛋糕:"这儿,您还真找着了!"美人蕉阴沉着脸:"顺着你的喊声来的,铲哥哪?"锣槌一见美人蕉,说了声:"哟?女猩猩!"美人蕉返身逼向锣槌:"说谁呢你?"锣槌不敢硬碰转身跳上机凳,上了货架。

  朋友当众被羞辱让铁蛋糕非常恼火,它"噌"地一下窜上货架来到锣槌跟前:"你怎么这么没教养?"锣槌把"头"倚在开关上:"再说把灯给你关喽!"铁蛋糕一个铃把儿"扫堂腿"就

把它撂倒了:"真想打你一顿!"大椅子:"别……它不值当的下来吧蛋糕!"

在青蛙剧的两个主演面前,凡是有手有脚的对它们都是威胁,大椅子虽然也对美人蕉的造型有所担忧,但还不至于像锣槌表现得这般低级。

铁蛋糕下来后大椅子走到铁笾子跟前坐下了:"蛋糕!小老爷们说话算话啊!"美人蕉走近铁蛋糕用质疑的口吻:"铲哥呢?它可出来一天了!"铁蛋糕非常惊讶:"它没来呀!"美人蕉:"来了,昨晚就来了!"铁蛋糕:"那我怎么没看见呀?"美人蕉四下打量着2号库:"这得问你了!它说楼里的不好斗我还不信,是不是你助纣为虐设了圈套?"铁蛋糕:"绝对没有!"

在它俩对话的同时,蹭着墙体站起来的锣槌一点不长记性,总是不断地在美人蕉的质问后煽风点火:"肯定的……没安好心……"铜锣向着铁蛋糕道:"有人心虚气短窝里横!"小跑驴虽然判断不出孰是孰非,但能感觉到眼前的对话环境不好:"当面锣对面鼓,另找地方说清楚!"铁蛋糕对美人蕉:"您跟我上这来!"

铁蛋糕把美人蕉带到防潮层下,与小垫圈一起把离开花园后的经过原原本本地告诉了美人蕉,小垫圈:"'能下地的赶紧跑'还记得吗?"美人蕉:"你是赶紧跑?"小垫圈:"反正得……赶紧!"在小垫圈有力的旁证下,美人蕉终于相信铁蛋糕是被冤枉的,它的疑虑是:"它这么粗壮谁能抓得住它呢?"铁蛋糕:"会不会卡在防汛沙袋里了?"小垫圈:"我出去沿途吸它一下,没有马上回来!"小垫圈虚形白影飞出铁笾子。美人蕉:"我们平时可谨慎了,你要说大杠粗心我还信,铲哥不应该呀!"铁蛋糕:"铲哥可能大意了!"小垫圈飞回来说没找到大铲,铁蛋糕走出防潮层看向货架子:"那就上演播室,或者审大杠的地方!美姐姐能上去吗?"美人蕉:"我能,你呢?"铁蛋糕"噌"地一下上了沙发背,再一跳上了货架。"啪"还没等美人蕉爬上来灯却灭了,美人蕉:"你们这儿人真缺德!"铜锣:"个别人啊,别全捎上!"

铁蛋糕夜视能力极佳,在锣槌不怀好意的笑声中指导着美人蕉爬上货架,美人蕉:"往哪边?"铁蛋糕:"左,之前小垫圈已经探过路了!"小垫圈对美人蕉说:"那儿要比小花园来这难走多了,你跟着蛋糕走,它有猫视力!"

路上,铁蛋糕虽然看得清楚但走起来却非常艰难。不管是"天路"还是"危险路",最起码"地"是平坦开阔的,但管道路却是高低不平、宽窄不一的。如果说鸿导可以拉拽固定管道的竖向钢筋,那铁蛋糕绝对是一片漂在大海里的树叶。

一路偏左走出大约 100 米后,它们从一个卷帘门框架边上走了出来,眼前灯光明亮左右两边是花花绿绿的景具、道具,它们已经来到了景具道具临时周转鱼鳞库。

望着高高在上的管道路和高矮不一的景道具,铁蛋糕发愁了:"这怎么上去呀!"小垫圈说:"不用走那儿,接着往前!"在小垫圈的带领下,它们在地面上的景道具中穿梭潜行,最后借助的拿拎着大铲上过的较高景具上到了管道路,走不多远就到了横向过梁。美人蕉:"这楼里有什么好的,比小花园差多了!"也许是精力不够集中,也许是过梁突然变窄,美人蕉一个没注意右脚蹬滑了,连带着身子直往后掉,它本能地伸手去抓过梁边缘,却忘了自己的手是弯曲打不开的:"唉!"就在这千钧一发之际,弯曲的"指头"突然能动了,像个大象鼻子那样勾住了过梁边缘。单臂挂在过梁上的美人蕉手脚并用狼狈不堪地回到过梁上,一上来就埋怨小垫圈："这简直就是玩命啊？干吗把我变成这样啊？"小垫圈："你当时不是急得想打人吗？"美人蕉："那也不能老攥着呀？不干！"小垫圈："以后的事找蛋糕，现在先找大铲！"

通过这短短的几百米路，铁蛋糕对盒尺精灵做过的努力有了新的认识，敬佩之心油然而生：鸿导真是不容易！接着，它们通过鸿导走过的消防箱进到演播室里边，铁蛋糕向美人蕉介绍说："这就是拍电视的地方！"美人蕉环顾了一下："这么黑怎么拍呀？"铁蛋糕："有灯，现在没开！"美人蕉："我没工夫看这些还是先找铲哥吧！"铁蛋糕凭借猫视力引导美人蕉来到导播室门前，它虽然来过一次，但并不知道蜗居到底在哪儿。就在它"举目"环顾周围时，也有"人"偷偷地躲在蜗居里抖似筛糠。

躲在蜗居里的正是面条，它正独自一人在蜗居里给鸿导整理各类"手稿"，当铁蛋糕从消防箱里一出来它就把小壁灯关了，凭声音，它听出这是铁蛋糕但不知道同来的是谁，也不知道是凶是吉。

铁蛋糕带着美人蕉来到门钉托举它上来的"首灯"位置，在这儿，鸿导和门钉都带着它向右走。"左边是哪儿？"寻思过后，铁蛋糕决定："上这边看看去！"说罢，带着美人蕉向左走去。也就走出20米，铁蛋糕就看到了熟悉的地貌百思不得其解：这怎么是三岔路口啊？有吊灯？下面不是危险路吗？又往前走了几步：唉？外语频道！怎么回事？明明这边二三十米，它们干吗要千里遥远地绕呢？铁蛋糕向右侧岔道看了看："那前边肯定是审问大杠的地方，过去看看！"

当初铁蛋糕"偷听"审讯时是藏在了横向管道的下边，这次它可以跳上去了，美人蕉攀爬上来后，它们本想走到审大杠时的地灯跟前去，刚下去，就隐约听到了电动工具的"嚓嚓"声，

第六章　快马加鞭

小垫圈："你们听！"声音时断时续，铁蛋糕："外语频道串过来的吧？"小垫圈："咱过来时候没声啊！"铁蛋糕："那这是哪儿的？"忽然，一道"手电光"从三岔路右侧直射过来，从混乱的光柱轨迹看，来者有点慌慌张张。铁蛋糕正在发愣，美人蕉："快藏！""三个人"连忙后退，躲到了管道另一侧墙下。

来的正是面条，它着急地赶来是要向鸿导汇报情况，只见它伸手把管道边上的间隙密封条拽开，来不及把密封条回位便匆匆地从管道边上进去了。一看是个"小长腿"，美人蕉伸手就要去抓被小垫圈及时"干预"控制住了，等面条进去了才解除："你要干吗？"美人蕉："拿它交换！"小垫圈："现在不行，我要跟着去看看！"

面条身挎手电一边往下倒手，一边轻声呼喊，从鸿导一直喊到门钉。主席台下左右各有一个检修门，"吱扭"靠近面条攀爬管道一侧的检修门被从里向外推开了"怎么啦？"这是门钉的声音。

进到主席台下，面条惊慌地说："铁蛋糕上去找去了！"鸿导："上哪儿？"面条："演播室，差一点儿就看见我了！"的拿站起身："它怎么上去的？"面条："不知道，腾、腾、腾地就冲我来了，好像还有一个！"鸿导与的拿相视一眼，鸿导："找上门来了？"的拿："自己来还省得咱抓去了哪！"鸿导："对！有一个算一个多多益善！"的拿对正在锯零件的门钉说："先别锯了，过去问问！"门钉抬腿想走被鸿导抬手拦住："你别去了，一会儿我和你师傅去……"又仿佛是对大家，"铁蛋糕知道也没事，我正想找它谈谈呢！现在是，我们怎么改造它，是依它说的，还是按咱想的！"的拿："按咱想的！手脚我都设计好了，安俩翅膀就是天使！"

161

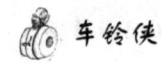

　　小垫圈于暗中看到了一些零件,有的长短不一,有的几乎废掉:怎么都成这样了?正好!小垫圈根据"脑子里"的车铃侠形象,用现场看到的零件一番加加减减,但还是拼凑不出最理想的车铃侠,它还要适当取舍提炼精华……

　　待在岔路管道边上的铁蛋糕和美人蕉焦急地等待着小垫圈的出现,美人蕉:"还不如让我抓住它呢,早知道这地方这样,请我我都不来!"又过了一段时间,小垫圈匆匆忙忙地回来了:"我看见它们俩了,还看见了好多零件。"小垫圈把自己的所见所闻和打算完完整整地说了一遍:"鸿导说给你铃盖上安俩翅膀,把你做成天使!"铁蛋糕:"没手没脚也不行啊!要不我先藏起来!"小垫圈:"不用,按我的结构现有的零件还不够完美,咱仨商量商量……"

　　对于商量的结果,美人蕉:"啊?它们能那么听话吗?"铁蛋糕:"从它们没拆大杠来看,它们应该就是想多招人!"小垫圈:"现在咱们分工,蛋糕回去等鸿导,美人蕉回小花园取铃卡子,我,开导大铲……"美人蕉和铁蛋糕分手于演播室外较高景具下边,美人蕉去了小花园,铁蛋糕走向2号库。

　　小垫圈虚形白影飞回主席台下,这里只剩门钉、面条和小椅子,还有负责看管大铲、大杠的提示牌,4个精灵凑在一起聊天说话,小椅子和门钉的问题相同:"跟它来那个什么样啊?"面条尽力地去想:"你们一个都不在我只好蹲下了……"

　　小垫圈虚形落在大铲身边实体现身,像之前引导它和铁蛋糕那样在地上来回走了几下,大铲一惊腰间弹簧乱撞,想起又起不来:"赶紧跑?"大杠以为在跟自己说话,回答说:"干吗让我先跑啊?"大铲:"您可来了,是给我送秘方来了吗?"小垫圈:"不是,秘方在蛋糕手里!"大铲:"干吗不给我呀?"小垫圈:

"你当时求的是什么？"大铲："活着就是胜利！"小垫圈："你的目的实现了！"大铲偷偷瞥了一眼大杠："它们都说秘方在我这儿，我想换个能当首领的！"小垫圈："换不了了，我已经跟家族报了车铃小怪的名字！"大铲："它那么原始凭的是什么？"小垫圈："你优点很多但它的梦想更大！自行车精灵应该有更高的追求！"大铲："什么追求？"小垫圈："无敌车铃侠！"大铲："那它昨天干吗找我要呀？"小垫圈："它不知道！"大铲："那以后我要服从它吗？"小垫圈："没商量，除非它自己不愿意！"大杠："那你们俩就比谁劲儿大！"大铲拳头一攥把握十足："怎么样？"小垫圈："看它的！"大铲："打不过它算我输！我还能再变个别的样子吗？"小垫圈："以后的事找蛋糕，我跟美人蕉也这么说的！"大铲惊诧："啊？它也被抓了？"小垫圈："没有，但我想来个顺水推舟……"

第七章　将计就计
Chapter Seven

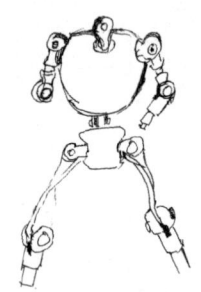

1. 不隐瞒

鸿导和的拿已然来到2号库，鸿导正在询问铁蛋糕的去向："跑姐，蛋糕呢？"小跑驴："送亲戚去了！"鸿导："它亲戚长什么样？"小跑驴："看着像猩猩！"的拿与鸿导会意一下，问道："从哪儿进来的？"大椅子主动抬脚指了一下铁笼子："这儿……"又走到沙发跟前："没一会儿又从这走了，为了阻止它我们把灯都关了！"铜锣："嘿！真有会说的，你立功了！"鸿导问大椅子："知道干吗来了吗？"大椅子："说找铲子不知道什么意思！"的拿延长身体和脖子在货架上找了找印记，看过之后收回身体左手拇指向外一挑，小声对鸿导说："从这儿过去的，怎么摸到那儿的？"鸿导思索了一下问小跑驴："跑姐，它真是跳上去的？"小跑驴："真的！就跟脚下有弹簧似的'噌'地一下就上去了！"小跑驴说的明显带有褒奖色彩。

第七章　将计就计

　　鸿导嘴角上翘微微带着一点欣慰心理，先打量了沙发背到货架间的距离，然后看了一眼有同样疑惑的的拿。

　　大椅子心里不静所以言语挂相儿："反正从外边回来就不是它了！您不会……另有计划吧？"鸿导："有是有，不过跟你没关系！现在是百家争鸣，我们不缺好创意缺的是多种表现形式。你像演员的多寡、手段的简繁，问题是一系列的！"的拿拍拍大椅子："《坐井》是鸿导的第一个节目是要载入史册的，我向你保证不会取消！"大椅子："架不住换演员哪，这家伙一跳多老高……我不放心！"的拿："有我，你就把心放在肚子里！"锣槌："我揭发！它贬低鸿导，说你编得没意思！"大椅子："它说你编得还不如它哪，让演都不演！"鸿导的脸"唰"地一下红到了耳根："我也得让它演哪！"大椅子："不信这有证明人！"

　　这时，有人在铁笼子外喊"开下灯！"大椅子喜形于色转回身："回来了！"铁蛋糕进来后说了声"真亮"就往屋里走，看见的拿和鸿导便向前"欠"了下身子："鸿导好，主任好！"鸿导铁青着脸也不隐瞒："你亲戚呢？"铁蛋糕："走了！"鸿导："去哪儿了？"铁蛋糕心想你明知故问："有假山的小花园！"这是鸿导和的拿"音配像"中的一句台词。鸿导嘴角微翘想笑未笑："也没让我们见见，还来吗？"铁蛋糕："来，它们首领出来找工作一直没回去，找不着了！""找工作"也是台词之一。

　　鸿导忍不住还是笑了："哈……丢不了，有可能跟耗子聊天呢。哎，说真的，再来能让我们见见吗？"铁蛋糕："见它干吗？"鸿导："加入我们！我刚才说了百家争鸣，现在跟你说百花齐放！什么意思？多样化！一棵树不能只结一个果子吧？这百花里也包括你家亲戚！"的拿："你也是其中一朵！我们想在有手有脚的基础上给你铃盖两边各安一个小翅膀……"铁蛋糕连忙打断道：

"我要的是人形的!"鸿导:"是像人呀!没你说的20厘米但可以直立行走,手和小节子的一模一样,翅膀是活动的,不用的时候可以摘了!"铁蛋糕:"不行,我要就要人形的,我还想系皮带哪!"

鸿导看了看铁蛋糕两个铃盖中间竖着的铃盖槽外沿:"你这不就是吗?"铁蛋糕:"这是竖的,我要横的!"鸿导依据的拿提供的设计草图,遗憾地说:"下辈子吧,这辈子……不可能了!"铁蛋糕打赌般地:"我要是能哪?"鸿导也斩钉截铁毫不含糊:"能就成全你!我说过我并不保守说过没有?"铁蛋糕:"说过!"鸿导:"还问了你打算干什么?你怎么说的?"铁蛋糕:"像主任那样有本事!"鸿导:"行了,就说到这儿,我跟主任互相帮衬各取所需,它过它的瘾、我过我的瘾,希望你和你的亲戚加入过瘾队伍,也希望你……言而有信!"鸿导让的拿再跟大椅子交代几句,然后俩人双双离开了。

见鸿导走了,铜锣打趣铁蛋糕说:"本以为自己有理,结果挨了顿数落!"铁蛋糕:"啊!我这还想'咵'地一下什么都拆呢!"大椅子:"哎蛋糕,你说不让鸿导看见……它怎么全知道了?"铁蛋糕:"我保证我没说!"锣槌:"那它怎么一上来就问呢?"铁蛋糕:"我……"锣槌:"你做贼心虚!"铁蛋糕受了委屈又不能实情相告,明明是欲言又止却被锣槌说成做贼心虚。小跑驴看不下去了:"老七,人家蛋糕说过'鸿导没它编得好'了吗?你站起来3尺高人家可跟你叫叔叔!"大椅子站在自己的立场上争辩说:"那它说'鸿导编得没意思'总得承认吧?"小跑驴:"问题是,咱们在这儿说的干吗要让鸿导知道呢?"

"让我知道怎么啦?我正想问呢!"说话的是鸿导,它还没走远,不知何故又回来了,并且一纵身从货架上跳了下来,直接

第七章　将计就计

走到铁蛋糕跟前质问它："你到底说过没有？"铁蛋糕后退几步："说过，但这前边还有好几句呢！"鸿导逼近一步："总之你说了！但我这点好，你说了不能白说你得超过我！超过有奖不超是罪！"小跑驴："吓我一大跳！不过你还挺大度！"鸿导："也分人，我拿你们当八仙希望各显神通，要是主任说的，我非问它个底儿掉！"说着，延长身体一只手扒住货架要走。小跑驴："耳朵还挺长的？要走就真走！"耳朵长具有偷听的含义，鸿导一听把手和身体又收回来了："没偷听，走半截想起蛋糕系皮带我又回来了。"鸿导转向铁蛋糕："蛋糕，我细想了一下，车铃系皮带初听是个笑话，但一想你以前叫小怪我又不想笑了！"铁蛋糕："您发现有些事……是人为可以再变的！"鸿导攥拳曲臂、悬肘空锤："'再'字用得极好！等小节子吧，撑死明天大不了后天，它成功了你也就成功了！跑姐再见！"

"鸿导，答应啦！"门钉慌慌张张地跑来了。鸿导："什么答应了？"门钉快速扫视了一眼2号库，又用双手比画了一个大圆圈："胳膊特粗那个！答应合作了！"

"啊？"鸿导和铁蛋糕几乎同时感到了惊讶，鸿导惊讶于大铲的妥协，铁蛋糕惊讶的是小垫圈的本事。鸿导并不避讳它人，但趁着眼睛睁大的时候瞥了一眼铁蛋糕，随后问："主任没胡来吧？"门钉："没有！它要那块毛巾！说只要把毛巾给它就行！"鸿导："毛巾？"想了一下问，"毛巾从哪儿拿的？"小跑驴："医药箱，它都没给放回去！"门钉："不用放了，主任说让搬过去！"鸿导："哪儿拿的放哪儿我看看！"门钉把医药箱放回到锣槌旁边。鸿导看了一会儿突然说："我知道了，这个箱子是个创举曾经轰动过世界，它对这个有感情！"门钉："搬过去吗？"鸿导："不搬，毛巾我能做主这个不行！"铜锣："这是在册（的）拿走是不行（的）。"鸿导摸摸铜锣对门钉说："你看人家都懂，跑姐，我们走了啊！"俩人一走锣槌就想关灯："我关灯了啊？"大椅子："先别，以后别这么着急！"

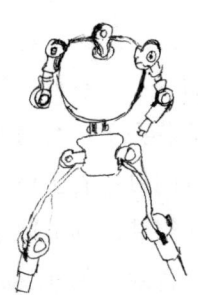

2. 借鸡下蛋

俩人过了"风洞"回到主席台下,门钉帮忙鸿导选择驻足观看。它看到,那条未经横变竖改动的钢勺手臂依然摆在管道上,"大铲"虽然双手被捆但却"温文尔雅"地"躺"在了那块毛巾上。

的拿傲气十足地故意看了一眼钢勺手臂,对"大铲"说:"说说吧!"鸿导心有不爽:这不是挑衅吗?然而大铲却极具涵养,答非所问:"上臂有点短,再往下来一点肘就在中间了!"的拿傲气不减以点头表示接受,但却说:"咱先说这横摆!""大铲"似乎没听见:"眼儿打小了吧?"的拿微微一愣:"哪啊?"门钉也"嗯?"了一声。

由于急于求成,提前打出来的"5个圆"的孔要比用作肩头的活节直径小一倍。的拿脸上的傲气泄了一半:"行啊你,一眼就看出来了!""大铲":"我们的零件我心里有数!"的拿不愧是经验丰富："扩眼儿伤筋我不想扩，我想看你的！""大铲"："肩头换成闸提溜，连堵窟窿再当肩头两全其美！"鸿导暗中敬佩"大铲"又担心的拿言语伤人。

的拿心中敬佩嘴上却说："没想到你还粗中有细，横摆我们自己弄，你能让手臂动一下吗？""大铲"："你得接上啊！把活节换了其他的拆了重接！"的拿："干吗重接？""大铲"："你不是还想套上套筒、盖上筒帽吗？小臂的套筒可以短点……"的拿："不行，我以后还要往套筒里加东西呢！"大铲："那我歇着去了！"鸿导伸手向的拿做了个"请"的手势，的拿只好带着门钉按着去做了。门钉负责上臂的横竖扭转，的拿负责整体重新组装，师徒联手效率增加一倍。还别说，经过"大铲"指点，手臂除了勺儿腕儿没动，其他部分看上去非常完美。手臂与小椅子"肩膀"连接后，鸿导向"大铲"做了一个请的手势。

"大铲"指示小椅子："胳膊平伸！"在大家的注视下，小椅子的大臂把小臂带成了一个90度直角就再也提不上去了，急得鸿导直喊："使劲！"虽然小臂提不起来，但小椅子的"手腕子"却能左右扭动，小椅子："不知道怎么回事！"的拿："可能勺子太沉了，这已经不错了！"鸿导看向大铲："铲先生，是不是仙气儿不足啊？""大铲"："意识缓慢是异物相接造成的，要想快，以后就找蛋糕吧！"鸿导惊诧："找谁？"的拿皱眉："蛋糕？"门钉摸着脑袋："找它？""大铲"听到追问方知说漏了嘴："啊，说错了，是改蛋糕！你们不是说还要改它吗？"鸿导："吓我一跳！哎，铲先生，既然说到它了，能用你们的东西帮我们做几条手臂吗？""大铲"心中暗暗想着车铃侠的形象，问道："几个？"的拿弯下大拇指："4个！它们一人两条！"鸿导："小节子和蛋糕，主任再给它看看草图！"的拿一手拿着月历牌纸展

第七章　将计就计

示草图，一只手从地上拿起一个改了形的闸提溜。

再次看过草图，"大铲"心中又惊又喜：喜的是，蛋糕真是遇上好人，惊的是，如果我不存在这个草图还是不错的！但是，那两只脚就是两个展开的闸提溜，幸亏我在！"大铲"："腿太短脚太小！"的拿把手里改了形的闸提溜放在"大铲"眼前："小吗？你再看这个！"的拿又拿出月历纸，同时又从地上拿起一个 1 寸长的"脚状物"，这是一个由前曲拐制作的类人写实脚掌。"大铲"不忍再想下去："它的事交给我吧，咱们先做胳膊！"鸿导说："可以！"但的拿心有不甘："要不我把蛋糕叫来？"不甘的原因是铁蛋糕的这个形象是它经过再三修改精心设计的，凝聚了自己的许多心血。

"大铲"问鸿导："你们俩我听谁的？"鸿导："我的！小节子也是我们急需的！""大铲"指着管道上的闸拉杆活节问："这个还有吗？"的拿虽然有点不高兴，但为了大局很快就把情绪克服掉了："有！加没拆的一共 5 个！"说着，把被包括鸿导称作"大刀"而没分解的闸拉杆集成都拿了出来："我们给你打下手！""大铲"："你别动我自己来，我先想想……"

"大铲"的头脑中浮现出自己设计的盔甲武士车铃侠：两个铃盖，一个为头一个为胸甲，链子为腰提溜是脖子卡子是脚，的拿用的前曲拐大腿可以借鉴，一个模糊而又渐趋完整的盔甲武士已具雏形。飞？差点忘了！"大铲"把盔甲武士的胸甲调转到前边，把飞行装置的位置想在了"肩胛骨"位置，光活节就得 8 个！样子有了做还是不做？

看见"大铲"有点发呆，的拿伸过脖子来看："想什么呢？""大铲"心想：我现在正在积蓄能力，如果强行制作车铃侠有可能会因零件不够半途而废。于是说："把椅子上这条手臂卸下来，套筒拆了，摆在这儿！"的拿认为这是故意难为它，手指敲着管道问"大铲"："你是不是有点过分了？""大铲"："零件不够做不了4个！"鸿导怕"大铲"耍赖反悔，赶紧对的拿说："卸！"又抓过锯举在手里对"大铲"说："反正我也急了！你缺什么跟我说！"在鸿导的干预下，的拿把安在小椅子身上的手臂卸下来又拆下套筒，问"大铲"："行了吧？""大铲"："链子有吗？卡子有吗？"鸿导指示的拿："有什么全拿出来！""大铲"："闸提溜还有吗？"的拿单独拿起一个闸提溜往管道上一拍："卡子没了，就这个多！你要多少？""大铲"看着鸿导："6个，它又跟我要态度！"鸿导："狗怂脾气！等你看不见的时候我揍它，你就当没听见！""大铲"："6个闸提溜2个活节，两截短一点的拉杆！"师徒俩一通忙活很快就凑齐了，"大铲"又说："还没完，再找两个跟我手差不多大的碎铃盖。"的拿翻找了半天也没找到："干吗使啊？""大铲"："做手啊！"的拿找出一个大饭叉子："碎铃盖没有，你看这个，行不行？""大铲"："把齿锯下来，我用底下这半儿！"鸿导："那就把钢勺也算上！行吗？""大铲"："你不光幕后指挥呀？"鸿导："我急性子！最看不了慢悠悠地在那儿嘎悠，当然我也懂点。"又转过去对的拿门钉说："你们俩准备！""大铲"："不用！我们的秘方以神助为手段，意识到了自然成！"只见微光一闪，两条以活节为肘的胳膊和两条经过"大铲"二次加工的完整手臂瞬间摆在了盒尺精灵面前。

鸿导："你还想走吗？走不了了！"的拿傲气全无惊得目瞪口呆，左手支着下巴右手夹在左腋下由衷地佩服"大铲"的手艺："这活节用的跟我想的不一样！手呢？""大铲"："以后再说！""大铲"故意不将手臂做完整是有它自己的考虑。鸿导眼

第七章 将计就计

泛金光拿起了的拿设计的草图:"铲先生,既然跺脚成器这么神奇,你干脆再跺一脚吧?照这个一蹴而就!""一跺脚的事"是大铲说的,它不知此大铲非彼"大铲"。的拿也由只是心服变成了心服口服:"嫌腿短可以给它设计个长的,缺什么随便提!""大铲"嘴上说:"你这个没有翅膀啊?"心里想:要做成这样还用你!鸿导:"哪能真的飞呀?意思意思就行了!"的拿问大铲:"你是不是有办法?""大铲":"没有,正琢磨哪!"鸿导:"好、好、好,铲先生,要不……先让小节子动起来?"的拿也想验证一下结果,和门钉一起将两条钢勺手臂套上,套筒重新安到了小椅子身上。两相对接长短适中,门钉欣喜地说:"黄金比例……精神!"小椅子激动得语无伦次:"再安两条也愿意!"鸿导:"这叫好事多磨!你已经是样板了快甩哒甩哒!"小椅子摇动肩膀试图让手臂动起来,但期待中的奇迹没有出现,手臂就像两条随着扁担晃动的扁担钩毫无生气。

众人皆醉我独醒,鸿导知道问题出在哪里。于是,恳求"大铲"说:"哎铲先生,是不是还得来一口仙气儿啊?""大铲":"我攒一口仙气不容易,总不能出来一个就吹吧?"拖延、找辙是彼大铲的强项,此"大铲"同样可以如法炮制。

"大铲"故意拖延是在考虑铁蛋糕:尽管的拿设计的铁蛋糕新形象有手有脚,但与自己设计的车铃侠相差了十万八千里。如果的拿强行叫来铁蛋糕自己应该怎么办?跑,肯定不是办法。如果自己强行制作车铃侠,现有的零件显然不够,必须想办法拖延。

果然,鸿导:"那就跟铁蛋糕凑一拨!啊?行吗?""大铲":"不行,我说过仙气是攒来的,这4条胳膊已经让我透支了,铁蛋糕得等10天以后!"鸿导并不知道"大铲"的顾虑,所以答应得非常痛快:"没问题!但不能10天只能2天!""大铲"

也在讨价还价:"5天,铁蛋糕必须由我来做!我还需要8个活节4个铃卡子!"鸿导:"好!一言为定!零件的事交给我们,铁蛋糕由你来做!那你看……小节子能先动一下吗?""大铲":"我想先歇一会儿!"鸿导:"可以,时间别太长。"

"大铲"把头转向一边闭上眼睛,脑子里用妈妈的小孔漏勺把身边能用的零件如数筛了一遍,又把自己先前制作出的5个精灵调到"眼前",用排除法。先将两个没有二次利用价值的猩猩排除掉,然后再在大杠、午马、守业3个精灵中寻找可用之才。借!拖延!"大铲"一下打定了两个主意。

的拿知道"大铲"讨厌自己但又怕它临时生变,用眼眉和努嘴暗中提示鸿导,鸿导咧开左边嘴角心领神会,把头伸向"大铲":"打扰一下,你是不是还有个容貌相当的亲戚呀?""大铲":"它叫美人蕉。"鸿导:"你怎么一点儿不着急呢?你是不是知道它来过呀?""大铲"挣扎着要起来:"非得这样才算着急吗?"鸿导:"免了、免了这是表演,如果它一会儿来了……我们能把它请过来吗?"

解放大铲缠住鸿导是"大铲"想出的拖延办法,它举起被捆着的双手:"让它看见我捆着?休想!"鸿导看向的拿,的拿摆手不同意,"大铲":"还说我记仇!"鸿导:"你看这样行不行,你提一个我们都能接受的条件,怎么样?""大铲":"别提大小姨子的事我就老老实实的!"鸿导:"女配角可多可少没有也行,希望你是君子!"又对门钉:"把手腾出来,去把老牌赶紧送回去!"又问的拿:"跟老七捎过话了吧?"的拿点头:"说了!"门钉拎起提示牌就往2号库走,鸿导又吩咐面条:"听着点儿去有事招呼!"面条也迅速去了"风洞"的主席台一侧。鸿导真是个急性子:"铲先生,休息得差不多了吧?""大铲":"不休

第七章　将计就计

息也行,你先撒开我!"

2号库里,门钉拎着提示牌下到地面,大椅子站在远端"伸着脖子"问:"小节子怎么样了?"门钉:"没什么事,我不多待啊马上得走!"门钉把提示牌放下又问铁蛋糕:"愿意跟我玩儿去吗?"铁蛋糕:"不愿意!"门钉:"为什么?"铁蛋糕:"我怕你给我安上小翅膀!"门钉:"嘿……听谁说的?想安你也跑不了,快跟我说再见我这忙着呢!"小跑驴:"哪有强迫人说的,快忙去吧,走……"

门钉一走,提示牌就来到了铁笼子跟前对大椅子说:"挪挪窝吧,主任跟你说了没有?"大椅子四脚着地原地不动:"这窝是你的?"提示牌:"对,我一来就在这儿!"大椅子边说"哪儿写着呢?"身体边往上提,话说完了身体也"嗯"地一下起来了,吓得提示牌忙往后退,哪知身后"腾"地一下锣槌又擦身落到了身边,提示牌原地转身面向两人:"瞄得不怎么准啊!"锣槌并未停留借着杌凳又上去了:"不小心没注意!"大椅子哼笑着大跨步走向磨盘边上,这是它原本所在的地方。提示牌回到铁笼子跟前,"双腿"一叉俨然像个守门的门神。

铁蛋糕不知道提示牌干了什么走过来向它问候:"镜子不好当吧?"提示牌就坡下驴敷衍应付道:"还行,就是老一个姿势有点累!"

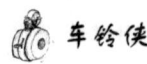

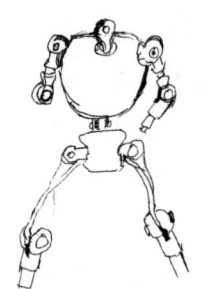

3. 急不可待

　　主席台下，的拿将袖珍锉插入倒饯茬的捆绑带扣眼中，给"大铲"解除了捆绑："说话算话啊！"捆绑带刚被解除，鸿导就迫不及待地说："铲先生，能动一下了吧？""大铲"考虑了良久，确定了自己有办法保护铁蛋糕才把小椅子叫过来："双手握拳，五指向上小臂往上提！"小椅子照着去做动作有点僵，"大铲"："多做一些摇臂大回环，慢慢来！"鸿导的气来得快去得急，看见小椅子双臂能动了赶紧欠身致谢，对门钉说："带它上那边绕绕胳膊去！"门钉答应一声，带着小椅子往维修门那边去了。

　　鸿导对的拿："你底子好它胸有成竹，这是合作的结果，你俩各有千秋……"说着，把目光转向"大铲"，见它有些发呆便好心问道："也没让你休息真是对不起，有点累了吧，铲先生？"没想到大铲突然换了风格："没累呀！看见你俩我激动还来不

第七章 将计就计

及呢！"

鸿导和的拿同时一愣，刚刚还"温文尔雅"的铲先生，怎么和面条说的川剧变脸一样突然像换了个人？的拿下意识地把袖珍锉拿在手里。鸿导："刚才有点忙有点照顾不周！"

鸿导哪里知道，眼前的大铲就是原装本尊，那个"温文尔雅"的小垫圈已经出去保护铁蛋糕了。大铲抬胳膊绕双臂面露凶相，问的拿："那小子呢？"的拿正拿着袖珍锉，轻敲了一下："说名字！"大铲："夹我那个！"的拿："看门去了！"大铲："没在这儿？"鸿导："我让它走的，它这两天累得够呛我让它歇会儿！"大铲："你真是个好人，好得不能再好了！"鸿导听出大铲是在说反话，解释说："我知道你对我们还有意见，但现在不是已经坐在一起了吗？希望你能……多多帮助我们！"大铲知道秘方不在自己手里又不肯明说，含糊地说："你可别指望我啊！"鸿导："我们是双管齐下不会就累你一人，我们还有我们主任！只不过有你在，我们的角色可以丰富一点！"大铲："蛋糕说你们是做节目的！"鸿导："你一来我们也说啦，要不怎么会动员蛋糕请你呢？"大铲："听说你们在排话剧？"鸿导略有吃惊："听谁说的？"大铲："美人蕉！"鸿导喜上眉梢："怎么都传那儿去了？"大铲："它听铁蛋糕说的！"鸿导："口口相传！那是我自己勉励自己，你觉得怎么样？"大铲："不怎么样！瞎编不说还目光短浅！"

鸿导的脸腾地一下红了，铁蛋糕说过"没意思"但没这么直白，鸿导生气了："老实说，我不接受你说我短浅！短浅是什么？缺乏远见！你可能还不太了解我！"大铲毫无顾忌咄咄逼人："不了解你我还不了解青蛙吗？哪有青蛙愿意待在井底的？你说！"鸿导："我只是用它比喻我当时失落的心情！"大铲："一看你就不懂，青蛙为什么在井下？"鸿导："这个我不应该管，我反映的是奋斗过程，这是允许的！"大铲："就问你为什么？青蛙傻吗？"鸿导："这？"的拿手握袖珍锉："你干吗老问为什么？"大铲："这里边有为什么我才问为什么！告诉你，没有一个青蛙愿意在那儿观天的，都是躲人躲的！"鸿导："我写的也是'人来了快跑！'"大铲："知道为什么跑吗？不跑让人吃了！这小子还让我看饭票，它吃过东西吗？"的拿反问："你吃过？"鸿导："主任少说一句！"大铲又跟了一句："它还主任哪？"鸿导将一只手伸向的拿示意它别说话，又对大铲说："你一说吃，我有必要解释一下！我写的青蛙没有你说的遭遇，它还能上来，它通过努力重见天日结识了很多朋友！"大铲："还有朋友吗？"鸿导："怎么会没有哪？顶多是……少了！"

　　鸿导认为自己解释的有因有果脉络清晰，没想到大铲却说："你呀，看着跟个人儿似的！还不如我一个社员觉悟高哪！"的拿"啪"地一下把手里的袖珍锉敲断在了管道上，气愤地说："放肆！鸿导这紧着让着你，你还说这个！"大铲"噌"地一下就要往前扑被鸿导拦住了，门钉、小椅子也快速奔向前来，门钉忙问："怎么好好的急了？"

　　鸿导左手推着的拿，右手拽着大铲左臂："都住手！铲先生，别的我能忍，这觉悟低从哪儿来的？"大铲："你先说什么叫……少了？"鸿导："是说青蛙吗？是的话，人吃了不就少了！"大铲："青蛙少了什么多了？"鸿导左边嘴角吧唧了几声："喷、喷、喷，害虫！"大铲："农害！害虫多了什么就多了？"的拿："你别绕行吗？"鸿导转着眼珠干着急："什么多了？"大铲："农药使用多了！农药多了什么多了？"门钉："残留！"大铲："残留多了去哪儿了？嘿！有饭票那个？"鸿导惊出一身冷汗："嘶！

第七章　将计就计

进肠子了！"大铲："人吃了病就多了，你想那么远了吗？青蛙是害虫的天敌你知道吗？"

"呦！"鸿导自觉惭愧，金属的体质居然流出了"汗水"，双手虔诚地去搀大铲的左臂尽显恭谦："铲老师一语惊醒梦中人！我只想着自己不容易没想过食品安全，我目光短浅是真正的井底之蛙！"大铲对鸿导说："因为你说的这个'少了'，顶多是青蛙没了……"又转向的拿，"我说的这个是人没了！知道吗？你、你还主任呢！"的拿："那把你捆来就对了！""去一边去！"大铲当胸就是一拳，的拿向后一闪躲开了，一个没有继续一个当没发生。鸿导："算了、算了，我的笔呢？"鸿导拿来纸笔对大铲说："我找着努力方向了，麻烦您把您刚才那几个什么、什么写一下！"大铲："我会说不会写！"鸿导："您是内秀！您说我写！"大铲用下巴指了一下的拿："让它写，我就想累累它！"鸿导："先别理它了，您怎么会关心这个呢我想不通？"大铲："我都想得通你会想不通？"鸿导："错、错、错我错了，我想说这农药与食品安全……您是怎么知道的？"

大铲弯曲3个手指："我车主儿是人吧？他得吃饭吧？他得有子孙吧？"鸿导觉得脊背发凉："子孙！有什么办法吗？"大铲："国家正在提倡减肥减药，你要干人事儿就编个农药危害的节目嚷嚷、嚷嚷……"大铲不仅把前几年自己知道的农村现状告诉了鸿导，还笼统地将一些害虫名称和为害特点也告诉了鸿导："纵叶卷叶螟能让庄稼绝收，没了青蛙就得加大农药使用量，谁倒霉？"

的拿："什么烂脾气呀！一会儿好一会儿坏没个准性儿！"门钉向它汇报说："刚才门外有人往里看，隔着门猛夸了一顿小节子，说手加得好！"的拿："提我了吗？"小椅子："说您胆

儿特大！人家在上边开会您在底下干活儿！"的拿笑了："吼……那会儿正做你，这灯也不在这儿，他们开会不是有亮光吗？我就在门里边借光干活儿，这要用了座子面你还麻烦了……"

的拿正讲着自己借光干活儿的趣事，忽然远处传来提示牌的尖叫声："立正！"又听埋伏在"风洞"近处的面条激动地大叫一声："来啦！"

这是事先约定的！谁来了？铁蛋糕的亲戚美人蕉！这一声喊惊天动地，把主席台下所有人的注意力都吸引了。鸿导看见大铲起身不知它要干什么，忙说："这是我要请的你亲戚！"不听劝的大铲谁也拦不住……

2号库里，守业叼着铃卡子和美人蕉、午马正走向铁蛋糕，3个精灵身上都有些水珠，美人蕉解释道："外边有点毛毛雨！"

站在磨盘边上的大椅子侧身看了看隔壁的小礼堂方向，然后走向已经挡住铁篦子的提示牌，质问它："原来你是个通风报信的！稍息立正就是有人进出对不对！"提示牌："那怎么着，我这是官差不由己奉命的！"大椅子又走向小跑驴："看见了吗？我们的一举一动它都通过篦子传出去了！"小跑驴："等的拿来了好好问问它，不说清楚就罢演！"提示牌不屑地说了声："你们……嘿嘿……"又赶紧把嘴闭上了，锣槌在货架上："我们怎么了？"这时，货架子上边传来一阵混乱的脚步声，并有声音在喊"铲老师"。

几个自行车精灵还在琢磨这"铲老师"是谁，大铲已经出现在了盒尺精灵经常进出的货架上，它倒退着三两下就来到了地面，上来就问美人蕉："它用腿夹你了没有？"美人蕉："没有，我就这么进来的！"午马："你怎么当老师了？"大铲没有回答直接走向提示牌，提示牌也收窄一个牌面做出随时踢出的防御动作，

第七章　将计就计

紧随其后的盒尺精灵也在劝阻，鸿导："铲老师别激动，它也是我们这儿的好人之一，它是奉命行事！"的拿："我马上把它调车间去！"

大铲瞥了一眼提示牌忽然把头抬起："医药箱！"说着就往货架上爬，吓得锣槌赶紧躲到了医药箱侧面。鸿导见大铲只是深情地摸了医药箱便松了一口气，说道："一看就是感情深！"锣槌也是如此，当发现不是冲着自己来的时候又悄悄走上前来观看："这有什么好瞧的？"大铲脸上堆笑突然一把抓住了槌柄，还没等大家反应过来，大铲双脚一蹬翻身从货架上跳了下来，美人蕉："漂亮！"大铲攥着锣槌站到提示牌跟前："你玩暗的我来明的，打你一槌咱俩扯平！"早有防备的提示牌先出一脚打算踢翻大铲，但由于跨度限制不能踢得太远，大铲抡起锣槌侧身对着提示牌的牌面一通敲打。

大椅子看到提示牌挨打，嘴里喊着："打得好！"眼睛看着小椅子，看看小椅子又看看大铲，一次次把它俩进行暗中比对。

门钉上来一手按住锣槌一手抵住提示牌，对大铲说："打两下得了！"的拿也上来劝解，大铲自有话说："它夹我你怎不说呢？"鸿导："你应该转变思想！"大铲："它打我你让我转？欺负我们没人是吗？铁蛋糕！你不是我们首领吗？出来！"

"啊！"在场的精灵全部都是一惊，纷纷问："怎么是它？""怎么是你？""比卧底藏得还深！"

有了手的小椅子可以把手放在"嘴边"配合表情了："是你吗蛋糕？"在大家惊异的目光注视下，铁蛋糕："是我，但我不想伤害任何人！"大铲对美人蕉说："我说过吧？它还不定帮谁呢！"的拿过来对铁蛋糕说："秘方真在你那儿啊！让我看看什么样？"铁蛋糕："你们俩见过！"

　　小垫圈实体出来站在了地上,抬起一侧垫圈说:"还有过亲密接触!"的拿脑袋晃了一下险些摔倒:"鸿导!这就是我丢的那个!来……"一伸手把小垫圈抓在手里:"鸿导,这回我手把手交给你!"鸿导一听是秘方心也动了,看看左右:"这儿要是就咱俩多好!跟它商量商量!"的拿小心翼翼地张开手,没了!它四下问:"哪儿去了?蛋糕?"铁蛋糕:"它在我身上,我们是一个人!"大铲:"它刚才也在我身上啊!不愿意要就跟我和鸿导说句话!"

　　大铲刚才的农业知识让鸿导开阔了眼界也有了新的努力方向,鸿导心想:如果能在大铲手里可能也有益于自己,但又担心它反复无常心胸不宽……正在犹豫,的拿:"如果我们命里得不到,我希望放在蛋糕手里!"盒尺精灵出现了分歧开始自觉站队。

　　面条原本站在小跑驴身边,对于分歧它选择原地不动,门钉、小椅子小步慢挪看着离的拿稍近一点儿。大铲走近铁蛋糕:"给我吧,看以后谁还敢欺负咱!"铁蛋糕:"我也能啊!"大铲伸手背把铁蛋糕拱了一个侧滚翻:"你能你倒是动啊!打的拿一下给我瞧瞧!"铁蛋糕一个鲤鱼打挺翻身站了起来:"我就是秘方不要也不会打它!"大铲:"首领是要对团队负责的!你看你这个样子?"小垫圈非常严厉地说:"我说过你优点很多但不想在这儿再重复!"大铲眼睛眨了眨,说道:"偏心眼!那就等回了小花园再说……"又对鸿导说:"帮我把大杠送过来,它还在你车间……还有毛巾!"美人蕉:"外边下雨了!"鸿导:"你们的事慢慢商量,毛巾送你了,但下雨可是要长锈的,你不如暂时留下帮我弄弄剧本!"

　　听说鸿导要跟大铲一起弄剧本,大椅子和锣槌对视一眼显得

第七章　将计就计

紧张。大铲："那就待两天，让美人蕉它们看看电视！"鸿导："没的说，一会儿给你安排！"大铲："我不去，我在这儿吃盒饭等着！"鸿导："铲老师您不知道，我们为了赶进度早把吃喝都戒了，您不是也把肚子进化没了吗？"大铲对美人蕉说："我说过连饭都省了吧？凑合看电视吧就这么着了！"鸿导："您真是通情达理，我们几个上去开会碰一下。"又介绍小跑驴给大铲说："这是跑姐，有事可以问它。"又交代小跑驴："跑姐，多照应着！"再对小椅子吩咐道："你看着点儿灯，我们一会儿就回来！"4个盒尺精灵拔腿就走，大铲还不忘在后边说上一句："演我可不演啊，找美人蕉！"

　　鸿导刚刚过了"风洞"就对门钉说："赶快把那份计划表拿来我有用！"门钉："是哪个，没给我记过小红花那张吗？"鸿导："对，现在上边有你三等功！"的拿："干吗拿这来呀？"鸿导："我要宣布阶段性成果！证明咱做事有计划不是脑袋一热'啪'一拍拍出来的。再一个，铁蛋糕的名字现在是顶格第一，我得把它换下去！"面条："我干点儿什么？"鸿导："先把我记录的大铲口述梳理一下，门钉回来后你在底下重新打格儿写上铁蛋糕！"的拿："还写在咱这边？"鸿导："当然了，这个宝贝是你捡来的理应属于咱！"的拿："这人综合评价怎么样？"鸿导、面条每人双手竖大拇指，门钉稍有疑问："它人是不错，可它拿着秘方干吗用啊？"的拿："这4条手臂都是它做的，你亲眼看见了！"门钉惊讶着："是它呀？"的拿："是那个跟我们没缘分的小垫圈，可它俩又是一个人！"门钉："有这本事咱可不能放过它！"鸿导："不是不能放过而是必须跟我们在一起！你赶紧去拿计划表……"

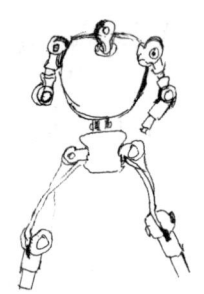

4. 针尖对麦芒

盒尺精灵一走大椅子马上过来找小椅子:"大侄子,不怕摔跟头了吧?"小椅子抬抬胳膊:"不怕了椅子叔!"由于小椅子的手臂已经套上彩管和管帽儿,再加上俩人的高度差使大椅子误以为这是的拿的手艺,夸赞说:"主任手艺不错……"说完,转身对着大铲:"戴帽子的,你刚才说不演,不演什么呀?"

大铲不知它在问谁,心说:这是问谁呢?没想到大椅子又说了一句:"说话呀!"大铲:"跟我说哪,我有帽子吗?"说着,把头伸向美人蕉:"有吗?"美人蕉伸着脖子看了看,猜测说:"是不是这个厂家标牌呀?"大铲脑袋一甩身体前倾:"你这秃尾巴鹌鹑说谁呢?"大椅子:"我没说你我在问你,问你演什么不演什么!"美人蕉:"演不演跟你有什么关系?"大椅子:"我问它没问你!"

第七章　将计就计

　　提示牌对刚才自己挨打时大椅子的幸灾乐祸犹记在心，一听大椅子问节目便把自己的"个人情绪"糅进了听到的信息中，它往屋子中间走了几步："我知道我就是不愿意说！"大椅子转回身："你说！"提示牌："《坐井观天》不演了，换《丛林之王》了！"大椅子一听就急了："换什么？"提示牌："《丛林之王》，不信你问小节子！"锣槌："演员呢？"提示牌："也换！大铲光大、小姨子就好几个，你只能靠边站了！"

　　提示牌的话深深刺激了大椅子，自己从事"演艺"事业这么多年好不容易才熬上了"主演"，几次求证都说不换结果还是换了，它把怨气归到了自行车精灵的出现。大椅子发着狠："我早就料到有今天，你们不仁我也不义！"说着向后退了几步，面向大铲把左右脚向后撩起1尺多高。大铲："撩钩子？"大椅子："尥蹶子！"大铲也不示弱，扩胸振臂针锋相对："要干吗？"大椅子："飞你帽子给你拿龙！"拿龙是自行车修理行业中的一个术语，也有"修理你"的意思。

　　铁蛋糕虽是还手精灵不怕争斗，但还是不想看到"自相残杀"，它想制止："椅子叔，等问清楚了再说吧！"小椅子对节目虽然有所耳闻但没有过关注，也没听说要换人，便对大椅子说："椅子叔，我也没着耳朵听，没听见换人不换人！"大椅子："你们都是一伙的！铁蛋糕！说让演都不演结果让这女的演，你耳朵聋吗？"

　　小椅子对这个是非起因不是很清楚不好再说什么。但铁蛋糕就不一样了，要按刚才大铲说的，那自己就是食言了，它也不知是怎么造成的，看到大椅子情绪激动只好提醒大铲说："铲哥小心点儿它可能急了！"又对美人蕉它们仨说："你们跟着小节子往里躲躲！"小垫圈也出来了，提醒大铲："别让它踢着啊它脚

厉害！"大椅子愤怒当头把脚踢得"呼呼"作响："回家去见你的大、小姨子吧！来！送你回家！"

美人蕉让午马、守业进入防潮层，自己走到大铲身边选择迎战："铲哥，一块上去撕烂它的嘴！"大铲："你去薅它的左腿，你左我右，谨慎！"美人蕉还以："小心！"两人一左一右双双扑向大椅子。

大椅子右脚向后一撤准备随时向前踢出，见两个猩猩同时扑来便把第一脚踢向了大铲。大铲仗着臂力十足双掌合一上前抵挡，虽然没被踢飞但也向后腾挪了 1 米，美人蕉一把攥住大椅子左腿再用肩头顶扛椅子腿儿，大铲趁机向上窜起扒住了大椅子的座子面边缘，只要爬上去就能够到它的"面门"，就在右手即将够到大椅子"面门"之时大铲的眼睛突然大睁了一下。也许是大椅子出于自我保护，也许是被美人蕉用力扛的，大椅子突然一下四脚着地坐下了，美人蕉就像突然捏了前闸的自行车，两只脚向上翻起滚落在了一边。但大铲却没有这么幸运，它被这突然的一颠颠得解体了，在腰间弹簧的张力下，用于固定身体的尾部螺丝"嗖"地一下不见了踪影，只剩两个前臂和脑袋还趴在椅子面上。

原本以为打输了的大椅子莫名其妙地成了赢家，看到大铲的两个前臂还在自己身上，便"嗯"地一下站起来想甩掉它，没想到用力太猛，随之而动的座子面间接地做出了一个炒菜的"颠勺"动作，把大铲的手臂和脑袋颠到了磨盘方向没了踪影。

"啊！你太过分了！"美人蕉起身打向大椅子又被它抬起一脚捅翻在地："这不是你们待的地方！一个个地赶紧滚！"事已至此铁蛋糕再也不能视而不见，它让小垫圈及时把大铲掉落的两条后腿吸过来，但被大椅子颠飞的前肢和脑袋却没了下落，只得嘱咐小垫圈："你只管找铲哥别管我！"说着，飞身踹向大椅子。

第七章 将计就计

一声脆响，铁蛋糕应声落地大椅子连连后退，大椅子："你敢踹我？"铁蛋糕："你下脚太狠！"远端的锣槌："不能饶了它们！"大椅子对铁蛋糕嚷道："给你两条路——要么走、要么打，你选一个？"铁蛋糕："我选让你投降！"

锣槌见美人蕉仰面朝天正在起身，从暗中跳过来想以槌柄踩踏美人蕉，哪承想美人蕉也不是吃素的，当锣槌跳起往下踩时，美人蕉收腿向前一蹬把锣槌踹倒了，午马走上前来调转身体，用两个后蹄来了个名副其实的"尥蹶子"。

这一蹶子把锣槌正好踢进了防潮层下，"太正宗了！"这一脚也让没有行动能力的小跑驴大呼过瘾。

大椅子走上前来恫吓美人蕉："把它给我拽出来，你要不是女的我上去就是一脚！"小椅子原本没有立场，见大椅子摆着架势赶忙把锣槌拽了出来："赶紧出去！"没想到锣槌一出来便说："大哥，我看见里边的开关了！"大椅子马上命令小椅子："大侄子听我的，把那开关托下来，还有这个踢人的！"

小椅子一看大椅子欺人太甚马上有了立场，双手推了一下大椅子的横撑把它推了一个趔趄，又顺手把美人蕉也拉了回来，毫无防备的大椅子怒不可遏："好小子我就等着你这下哪！等打跑了它们咱再说！"说着，侧身去撞货架子。

铁蛋糕离得太近不敢硬碰大椅子，"之"字跳开绕过高压锅来到了大椅子身后："把钢珠给我扔出来！"护住午马和守业的美人蕉不知道它要钢珠的目的："这能干吗用？"小垫圈："扔出去你就知道了，小节子帮帮忙！"小椅子内心还是向着铁蛋糕的："好嘞！"霎时间，七八粒钢珠源源不断地从防潮层下被扔了出来，铁蛋糕截住钢珠又向后搓了1米，然后"抡"起前脚踢向大椅子和锣槌："肩膀，脚后跟……"侧身推撞货架子的大椅

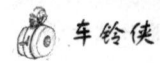

子猝不及防"啪啪"挨了几下,锣槌更不禁打,一粒钢珠就把它打倒了。

这时,面条匆匆地出现在货架上,一看底下发生了争斗,不禁大惊失色:"妈呀,打起来了,快来人呢!"小跑驴看得见动不了,笑得都快岔气了。

原来,门钉去取"文件"还没回来,面条是被听到喧闹声的鸿导派来打听情况的,听到面条的尖叫,鸿导、的拿迅速跑向2号库。的拿将手里拎着的大杠放到地上问起因,听到大铲被踢"身亡"也感到了事态的严重性,对鸿导说:"麻烦了!"鸿导:"老七,干吗下脚这么狠啊?"大椅子:"它先打我的!"

此时的门钉还不知道这一切,它在演播室"蜗居"里找到了计划总表,看到了鸿导的奋斗目标是创立《精灵频道》,也看到了零号厅暂定在2号库,当看到所有人的正式名称时它不禁笑了:"师傅的拿原来是大?应该叫盒尺老妖·大拿!锣槌敢情叫槌爱锣呀?俗了吧唧的!铜锣叫锣恨槌可不得恨它吗!嗷⋯⋯跑姐绰号大眼灯,椅子叔叫七个不服,你不服我看看?小节子原来叫节节高,面条叫三度梅,它川剧院的我知道,我呢?小秀才?"一看自己绰号小秀才,门钉赶忙四下里张望了一番,发现附近没人又再次看了看:"不对呀?我能直接三等功为什么没有小红花?嘉奖也没写?"再看,包括小跑驴在内的所有人,除了面条有3个其他人都没有,师傅各种奖励齐全也是没有小红花,画着一个车铃图像的第一位置原来是鸿导的上边居然也没花。门钉:"鸿导都没有说不过去呀!把车铃划了写上鸿导!鸿导叫、叫、叫?洪湖,对,洪湖!"说着,拿起圆珠笔在自己的名字下边打了一条横线,再把其他竖线向下延长,然后拿起红笔给每人都画上了小红花,边画边说:"老说我假积极这回我也真积极一回,鸿导说过给补上!"

2号库里,鸿导咬牙指责大椅子:"你这是犯罪你知道吗?"大椅子:"谁让你换节目的?"鸿导:"谁说的?"锣槌:"老牌!"大椅子:"你甭管谁说的!换成'丛林大王'了对不对?"鸿导:"没有的事!《坐井观天》是咱们白手起家的见证,是要载入史册的!还没演我就把第一届迎春奖给你了,不信计划表上写着哪!门钉呢?怎么还不回来?"

就在这节骨眼上,铁蛋糕的铃体又悬空了,它被悬空卷起从铁篦子处消失了,提示牌:"哎……它怎么跑了?"在场的"人"注意力本来都在鸿导和大椅子身上,一看铁蛋糕"忽忽悠悠"飘走了都觉得非常不可思议,惊讶地把目光投向了铁篦子……

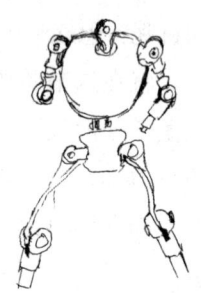

5. 化茧成蝶

室外的毛毛雨已经不下了。铁蛋糕被从铁笼子带出左转去了东台阶窗户,飞出后在车棚遗址转了一圈又于空中飞向主楼楼顶。刚落下就有两只在此借宿的鹞鹰表示愤怒,一只面相凶恶的鹞鹰压低身子说:"不知道不能打扰别人休息吗!"没办法,铁蛋糕又被裹挟着来到楼顶天线的基座上。

铁蛋糕不用猜就知道是石板猫所为:"您怎么这个时候来呀?"石板猫虚形现身:"这会儿怎么了?"铁蛋糕着急地说:"铲哥在底下散架了!"石板猫无所谓地说:"看见了!我们早来了没叫你!"铁蛋糕:"干吗不叫啊?"石板猫:"我们是来考你的,你要是过了关100个大铲都能喊回来!"铁蛋糕:"什么关?"石板猫:"目测关,你已经过了,若不是看见你用脚踢钢珠我们就走了!"铁蛋糕:"为什么?"石板猫:"拳打脚踢猫都会,

第七章　将计就计

踢钢珠属于想办法！看见你抬脚踢钢珠……宋老爷爷才同意考考你！"铁蛋糕："是宋应星老爷爷吗？"石板猫："是，我帮你把上灵魂宋先生请下来了！"

上灵魂宋应星一袭长衫明朝打扮，虽然清风薄影但略显臃肿，看见小垫圈后先行了一个拱手礼，然后问道："家族知道你要落地吗？"小垫圈把两侧垫圈重叠在"腹"算是还礼："知道，谢谢您！"

上灵魂宋应星微微欠身转问铁蛋糕："你喜欢《天工开物》的什么？"铁蛋糕："书名。"上灵魂宋应星："赏在哪里？"铁蛋糕："您想听一句话还是3个字？"上灵魂宋应星一愣："你还想考我？"石板猫紧急提示："14个字！"上灵魂宋应星撩起长衫把石板猫挡在身后，对铁蛋糕说："3个字的！"铁蛋糕："再造神！"上灵魂宋应星略感惊诧："神的高度？你没说我吧？"铁蛋糕："是您在夸别人，万事没有现成的办法比如做豆腐的！"上灵魂宋应星："天想地做！再造就是创物的本质你言简意赅。我再问你：中国清代末期的落后跟中国匠人有没有关系？"铁蛋糕："没有，20世纪中国的落后不是匠人造成的，宋、元、明、清都有责任！"上灵魂宋应星："就是说工匠利在当时无责放大未来！"铁蛋糕："我们不能用后眼看前人。中国的匠人非常伟大，我建议把'匠'字左边的外框去掉不要了！"上灵魂宋应星："那不就剩下一个'斤'字了？"铁蛋糕："可以在'斤'字下面加个山字，让中国匠人的想象力以山为依托仰视全宇宙！"上灵魂宋应星激动地："我好想活在当今呀！"

铁蛋糕放飞想象力的说法让上灵魂宋应星思索良久，明朝的灭亡原因有很多，但许多在当时算作先进的武器装备没有充分发挥作用也是原因之一，先辈的灵魂如果有知一定愿意复活

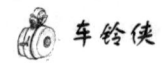

在今天。

上灵魂宋应星:"那咱就提前进入正题,灵魂院派我下来帮你,我拜了钢铁神也请了吃钢咽铁,如果你能答应我的要求你马上就能如愿!"铁蛋糕:"上灵魂对我还有期望?"上灵魂宋应星:"有!既然'匠'字可以无框,那你就要用你的行动向世人证明人人可以开物!"铁蛋糕:"人人可以?"上灵魂宋应星:"行吗你?"铁蛋糕看向小垫圈,小垫圈斩钉截铁地说:"行!"说完,急匆匆地钻进了铁蛋糕身体。铁蛋糕:"哎?"石板猫:"别找了,你是答应也得答应!"铁蛋糕:"我答应!我要向世人证明人人可以开物!"上灵魂宋应星:"也不枉小天应慧眼识人!但是,你虽然答应了,也还必须有个有效的召唤令!"铁蛋糕从容镇定:"撒豆是叫兵的,电是运兵的,召唤令应该是撒豆后边的那句!"上灵魂宋应星:"对,不然你呼之不来!"一旁的石板猫紧张得向天作揖祈祷。

铁蛋糕想了足足一秒:"我想了好多遍了!装备出新怎么样?"上灵魂宋应星想都没想:"通过!出新就是出路!"说着,扬起双臂露出芊芊傲骨,接着说道:"来得匆忙,沿途只搜得一些游星散念,紧要的吃钢咽铁跟着来了,有了它的帮助,你将拥有和调遣数之不尽的自行车零件的能力,你要用这些零件证明人人可以开物!"说完,平伸"臃肿"宽大的衣袖,把所带来的一切全部洒向铁蛋糕直至自身瘦不成形。

一团团耀眼如星、好似燃放着的小型礼花滴滴星的发光体瞬间罩住了铁蛋糕。上灵魂宋应星:"片刻你将吸走这些奇谈怪想,你尽量捡好的用。另外,关于你'匠'字无框的建议我将尽快上报灵魂院!"石板猫也说:"给你的本事是帮你完成梦想的,我

第七章 将计就计

陪老爷爷去趟国子监然后就回江西了。"只听"嗖"的一声，上灵魂宋应星和石板猫不见了。

天光放亮朝霞四射，闪念发光体燃爆后露出似在沉睡的铁蛋糕。

铁蛋糕觉得眼前时明时暗，似乎有什么东西在跟前，睁眼一看吓了一跳。两个凶悍的鹞鹰正凑在跟前打量它，一个说："你是不是低血糖了？"说话的这个相对温柔。铁蛋糕"睁开眼"："靠边，我正想变成什么样呢！"另一个相对凶悍的："还用想？就我们这样吧！我们嘴不饶人腿不跌份儿，关键是会飞呀！"一句会飞就把铁蛋糕说酥了，连个搪塞的理由都没有："对呀，我也想过当老鹰！"

铁蛋糕重新闭上双眼想着自己要变的样子，只听小垫圈的声音在耳边响起："铃盖头、卡子脚、提溜脖子、链子腰，上天可揽月，入水能捉鳖！"铁蛋糕睁开眼，庄重地说出了召唤令："装备……出新！"只听"唿"的一声，从楼下不同方向飞来好多自行车零件，有小垫圈提前设计好的手臂，铃卡子、前曲拐、闸提溜、闸拉杆，另外还有链子和衔接用的螺栓螺母。

银光一闪，铁蛋糕完成了从车铃向车铃侠的形体转变，有手有脚还能飞的铃生梦想终于实现！相对凶悍的鹞鹰："嘴太长了再短点！"铁蛋糕将长嘴收缩成鹰钩嘴："这回呢？"相对凶悍的鹞鹰："就是它吧！你这脚上拴的什么呀？"

铁蛋糕低头一看，自己的一只卡子脚的脚背上带着一根绳："捆绑带！"这个拴着绳的铃卡子是大铲怕"咬"手让猫帮着拴的，也是守业刚刚从小花园叼来的。铁蛋糕用手指将捆绑带挑断问鹞鹰："知道炼钢厂在哪儿吗？"相对凶悍的鹞鹰抬起翅膀指向群山环抱的西山："紧西头子！"铁蛋糕："谢谢！"刚要走，

相对凶悍的鹞鹰抬起翅膀拦住了它:"嘛去呀?"铁蛋糕:"吃钢咽铁!"相对温和的鹞鹰:"怎么去呀?走着一双鞋可不够!"铁蛋糕:"飞着去!"相对温和的鹞鹰:"拿什么飞呀?"

铁蛋糕的飞行装置是嵌在胸甲后面的两个小型推进器,推进器收放自如可以根据需要随时调整。

铁蛋糕扭转身体调整出了推进器给两个鹞鹰看:"用这个!"相对凶悍的鹞鹰:"这不就俩窟窿眼儿吗?"铁蛋糕让两个鹞鹰躲到一边,把两个推进器调出了防风打火机一样的蓝色火焰。只听"嗡"的一声"嗖"的一下,铁蛋糕像窜天猴一样窜了出去又重重地摔在了楼顶西边:"哎哟……"两个鹞鹰飞过来,相对温柔的:"你差点就掉下去了,怎不知道掌握气流啊?"铁蛋糕翻身坐在地上:"我们这个是调整火力大小及角度方向的!"相对凶悍的:"走,带你去飞翔!"铁蛋糕:"没时间,等我帮完兄弟再来找你们!"相对凶悍的鹞鹰:"那你就先飞高高的,大塔以东这一片有事提我!""哎!"铁蛋糕笑着答应后,转身飞向空中向西而去。

京西炼钢厂占地辽阔配套分厂众多,下辖的废钢铁回收厂坐落在荒郊野外,里边堆积着包括旧自行车在内的大量废钢铁,旧自行车的整车或散件以前只占废钢铁的一小部分,大量的增加只是近年来的事情。

铁蛋糕在废钢厂上空巡视一周,在一个自行车堆放较集中的堆放区落了下来,对着大量的整车散件说了句"装备出新",只听"哗"的一声,铁蛋糕的身前身后出现了上百个不同造型的半成品盔甲武士,惊喜的同时铁蛋糕又说:"我现在只想储存一些零件,你们……"话音未落,盔甲武士们又四散分解。铁蛋糕:"莫非储存也有召唤令?"铁蛋糕变回车铃状态,想了想试着说道:

第七章　将计就计

"备战备荒！"又是"哗"的一声，刚才那些散去的零件都以磁粉的形式飞进车铃体内，就连附近待分解的整车也不例外，一下让偌大的废钢厂减存不少。

"撑得受不了！"一次性储存了那么多零件让铁蛋糕有点步履蹒跚，不得已，它将一些暂时用不上但又非常占地方的车架车圈还了回去。

重新变回车铃侠的铁蛋糕忽然想起了小垫圈："那个我，出来呀！"喊了半天小垫圈也未回应，等了一会儿，铁蛋糕："你不出来我也有办法，你到底是谁？为什么宋老爷爷都要给你行礼？你不出来我不走！"又过了一会儿小垫圈还是没出来。铁蛋糕想起了在小花园时石板猫曾经用过的一句话："赶紧出来！""嗖"地一下，虚形白影的小垫圈出现在了铁蛋糕眼前："咱俩是一个人了，你老叫我干吗呀？"铁蛋糕："不是，刚才那些半成品都是你！"小垫圈："我正忙着呢！不然你叫人叫不出来怎么办？"铁蛋糕："我不管，你给我弄个替代的也行！你还没回答为什么给你行礼呢！"小垫圈："行我告诉你！我们是闪念家族的，闪念自古就有，他敬的是闪念辈分不是我，我在家族里的名字叫赶紧！"铁蛋糕："噢……怪不得一说'赶紧'你就出来了……"小垫圈不耐烦地说："下来以后叫小怪我跟上边说啦，还有吗？"铁蛋糕："我要一个替代品！"小垫圈："我的实体就是你，你不会自己变一个！"铁蛋糕暗施召唤令变成了实体小垫圈，虚形白影小垫圈："这不就得了！"两个小垫圈虚实相伴飞了不到几秒，虚形的就要虚实合体，实体的小垫圈马上变回了铁蛋糕，虚形的小垫圈："又怎么了你？"铁蛋糕："没人跟我说话！"虚形小垫圈："行，给你弄个替代的，哎？"铁蛋糕："怎么了？"虚形小垫圈："干脆，白天有人的地方你就三连片这么飞，咱们不是还要宣传人人可以开物吗！"铁蛋糕："对！我也觉得三连片挺神的，就这么着了！"

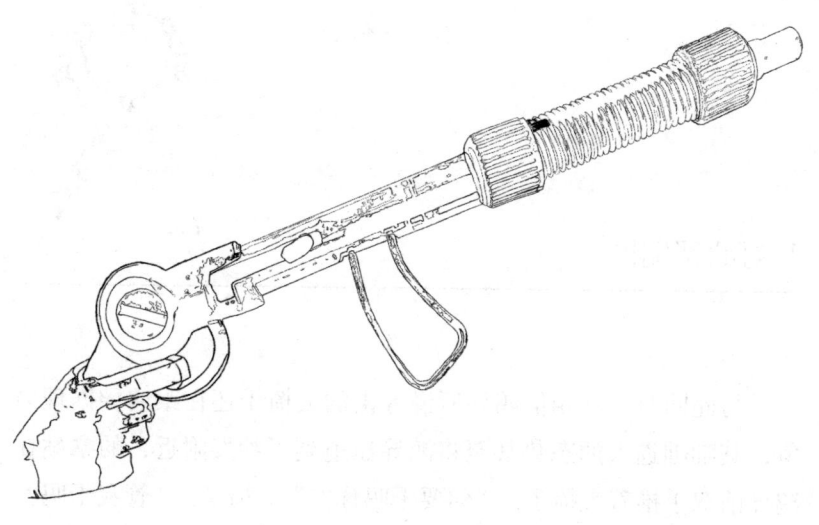

第八章　如愿以偿
Chapter Eight

 车铃侠

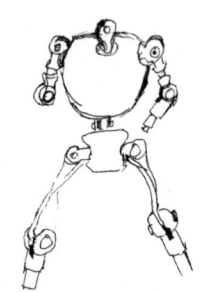

1. 好心帮倒忙

与此同时，不相信鸿导所说缘由的大椅子还在跟鸿导据理力争，其咄咄逼人的态势甚至将鸿导压迫到了沙发附近，的拿站在鸿导前双手推着大椅子："你要干吗你？"大椅子："管我干吗？你们朝三暮四暗地捣鬼你以为我不知道吗？"鸿导："我们是在策划《青蛙的忠告》，但跟你的那个毫无关系，面条，赶紧写个梗概给它看！"锣槌："它想趁机溜走！"

提示牌知道自己多嘴闯了祸，听到锣槌发狠就想找个赎罪机会，正要溜到它的身后，冷不丁铜锣说了一句："别介嘿！"锣槌猛然回头看到了，赶紧跑到了大椅子身边。

提示牌瞪着铜锣："你！"铜锣："您这是火上浇油乱上加乱！"的拿对提示牌说："回你那儿去！"这时，仓库门传来有人用钥匙捅门锁的声音，"哗啦……噔……"大椅子："谁？

200

几点了这是？"的拿："估计天亮了！"大椅子："锣槌，赶紧把灯关了，你们谁也别动啊！"的拿："不用关，就当是人类自己忘了。面条，从笾子那伸脑袋看看！"大椅子想制止却又没办法。面条谨慎地延长脖子把脑袋伸了出去，看到的却是门钉。

原来，门钉从演播室"蜗居"完成任务后经主席台下过了"风洞"，当听到鸿导说颁奖时赶紧又经天路和咖啡厅楼梯来到了铁笾子外，把画有大椅子小红花的计划表交给了面条，因为它知道，铁笾子除了铁蛋糕和盒尺谁也出不来："给、给、给！"

很快，面条左手伸到笾子外，拿了一张折了几折的4开大纸缩回来了："捡一东西！"大椅子："外边是谁？"面条："一男的，又走了！"大椅子："还有吗？"面条："还有一黑椅子！"大椅子："那个别管它，捡的东西我看看！"面条把纸展开先看了一眼，然后"噗"一声就笑了，边笑边举给大椅子看，同时又偷偷向鸿导说了一个"门钉"的口形。大椅子看到：所有人的名下都涂上了小红花，甚至就连没有写上名字的都有，鸿导名字叫"洪湖"，名下的小红花不仅多而且个头还大。大椅子越看越来气："说我没演就获奖蒙谁呢？你一人就10个而且花还大，连没名字的都有！"鸿导听了疑惑重重："我看看行吗？"面条一边把4开纸交给靠前的的拿，一边小声说："写梗概去了啊！"

可能是面条声音压得太低再加上大椅子疑心重，它用怀疑的口吻问面条："你们俩嘀咕什么呢？"面条瞪着眼睛："我说我都胖了你管得了啊？"面对一个无关紧要的弱小女孩大椅子不好意思过多纠缠："你胖你胖你走吧！"

铁蛋糕三连片飞行于楼宇树梢之间，在即将接近主楼东北角转弯处与缓慢行驶的漏勺船擦肩而过，眼尖的二垫圈惊讶地说："老三！"

 车铃侠

说时迟那时快,铁蛋糕绕过主楼东墙角直接飞进了东台阶下的窗户里。猛然,余光中,瞥见麻雀妈妈正紧闭双眼哆哆嗦嗦地站在窗内窗台上,翅膀下保护着两只小麻雀嘴里不住地念叨着什么。

已经左转进入黑暗区的三连片一转身又飞了上来:"家雀妈妈怎么在这儿啊?""谁呀?"麻雀妈妈惊恐地睁开眼问了一声,铁蛋糕变回车铃站到了麻雀身边:"我,车铃小怪!"两只小麻雀想从妈妈翅膀下挣脱出来又被妈妈摁了回去,铁蛋糕问麻雀妈妈:"你们怎么了?"一只小麻雀在翅膀下:"喜鹊要吃我们!"

"喜鹊?"还没等铁蛋糕弄清怎么回事就有两只大喜鹊出现在了窗外,一个说:"快出来!"另一个说:"饿死也是死,快把那俩小的给我们送出来!"三只麻雀羽毛在抖,绝望地抱在一起,铁蛋糕马上变成鹰脸铁甲车铃侠,其鹰脸的造型把麻雀和喜鹊都吓了一跳,麻雀妈妈:"鹞鹰子?更完了……"说完差点晕过去。两只喜鹊先是飞到1米外,其中一个打量了一番之后说道:"这家伙光板儿没毛儿没翅膀!"另一个:"是个假的不用怕,少管闲事啊!"铁蛋糕:"它们是我朋友!"一只喜鹊肆无忌惮地把头伸向铁蛋糕:"也是我们的食物,闪开!"铁蛋糕:"没得怕是不是?""对了,杂食动物就这样怎么着吧!"说完,伸出翅膀就要扒拉铁蛋糕,铁蛋糕抬手抓住它的翅膀尖往下一拽,说道:"慢动手,有人喜欢你!"

只见30多只光板儿小雏鹰不知从什么地方冒了出来,为首的把脖子向下一压,说了声:"鸽它!"光板儿小雏鹰一拥而上,不由分说地围着两只喜鹊又鸽又啄,两只喜鹊一开始还能用翅膀呼扇抵挡,发觉支撑不住再想飞时已经飞不起来了,被小雏鹰们叨着肉、撂着毛很快就败下阵来:"服了!"两只喜鹊扎着翅膀

做出认输的举动,再看小雏鹰,消失了。

铁蛋糕问喜鹊:"喜欢吗?"两个喜鹊:"不喜欢!"铁蛋糕又叫出麻雀妈妈:"你呢?"麻雀妈妈:"喜欢!"铁蛋糕:"你喊一声车铃侠它们随叫随到……"又对喜鹊说:"我管不了食物链但你掏鸟窝肯定是不对的!"两只喜鹊对视一眼还要争辩,其中一个说:"那它们得自己长眼!"小麻雀A:"我们这么小哪知道你这么坏!"小麻雀B脱口喊了一声:"车铃侠!""哗"的一下,30多只小雏鹰一下子又冒了出来,虎视眈眈地看着喜鹊,吓得喜鹊连声说:"我改我改,至少……它们一家我们是不会了,行吗?"铁蛋糕:"反正它们身边随时都有小雏鹰,你们要是愿意给它们当首领我也没意见!"一只喜鹊:"可以呀!"另一只拦住它:"可以什么呀!是让咱们变成光膀子!走吧!"两只喜鹊"喳喳"叫着飞走了。

三只麻雀逃过一劫,麻雀妈妈带着两只小麻雀飞到铁蛋糕待过的那辆车的车把上:"有志者事竟成!从来没想过有今天……"小麻雀B神秘兮兮地说:"妈妈私下里说你是疯子!"麻雀妈妈抬翅膀做出要打小麻雀的样子:"抽你,我是那么说的吗?我就是不相信!"铁蛋糕把与它们分手后的部分经历告诉了麻雀一家,提醒它们要提高警惕随时注意安全……

与此同时,漏勺一家也以虚形白影的状态在台阶外团聚了。漏勺爸爸乐呵呵地说:"你二哥看见你的!"大垫圈很羡慕:"这就是你帮着落地的那个?"小垫圈:"对,以前是这辆车上的车铃!"二垫圈:"你不是说特难吗?"小垫圈:"灵魂院有人下来帮忙了,派的是明朝的宋应星宋先生。"大垫圈羡慕地说:"你又晋级了!"二垫圈看着弟弟:"你赚了!"

漏勺妈妈听到铁蛋糕在和麻雀妈妈说再见,也嘱咐了一下自己的孩子:"赶紧跟上,好好干啊!"小垫圈向台阶下看了一眼又想到了一件事:"哦对了爸妈,我把'匠'字左边的外框去掉了,'斤'字底下加了个'山'字旁!"大垫圈:"那不是岳飞的岳吗?"小垫圈:"不是,岳,是一个山丘的丘底下加上一个山,我改的匠是上边一个一斤二斤的斤,下边也是让山托着!"漏勺爸爸:"这你说了不算吧?"小垫圈:"我已经委托上灵魂宋应星呈报灵魂院了,不管批不批准咱先给咱家的漏勺船起个'斤山'号的船名。"大垫圈:"'斤山'号?那咱们家的船有船名了,'斤山'号漏勺船!"

2号库里,哭笑不得的鸿导正在责怪门钉:"真是自作聪明!"大椅子:"这回没的说了吧?"的拿:"你想怎么着?"大椅子:"是这屋的留下,不是的……该轰走轰走!"的拿:"这么多节目你一人干的过来吗?"大椅子:"还有小节子跑姐呢!""这儿还有呢!"说话的是门钉,它不知什么时候站到了货架上,身后还跟着3把大红椅子。

这3把红椅子当中有两把是在维修门外打听过小椅子情况的。当时,两把红椅子隔着门缝听到了门钉正在向回来写梗概的面条打听2号库的情况,一听大椅子要造反便又叫上了一个,3"人"踢门作响非要跟着过来帮忙,但"风洞"偏方需要斜着不断调整才能通过,过来后正巧听到大椅子说话。

门钉把3把红椅子放到地面,被叫来的红椅子上来就对大椅子说:"看见我们还不投降?""你们?"大椅子向前一步又退回,正在琢磨这些"人"是谁、从哪儿来的,那个被叫来的红椅子又问候了鸿导和的拿:"主任好,鸿师傅好!"鸿导不认识它们,觉得有点莫名其妙:"你是?"其中一把红椅子对的拿说:"我们是审看小礼堂的,经常看你们挑灯夜战!"

的拿:"怎么上这儿来了?"红椅子之一:"我们看见小椅子的胳膊眼馋了,这个……嘿……"鸿导:"也想参加小型化?"红椅子之一:"对,我们两个是,那个不是!"

大椅子小声问门钉:"你叫来的?"门钉后退了几步欠了下身子:"它们自愿的!"大椅子:"行了没你事!"了解了红椅子此行的目的,大椅子暗中瞥了一眼仓库门,然后跟红椅子唠起了"家常":"3位,都是椅子别伤了和气!"哪知被叫来的红椅子一点面子不给:"认识你是谁呀?跟我说得上话吗?"大椅子浑身黝黑一下子被呛得"脸"色通红,怒斥道:"别给脸不要!"被叫来的红椅子走上前来头顶头贴着大椅子:"杠脚你行吗?也不看看你是什么屁股坐的!"

面对红椅子的语言侮辱,大椅子虽然愤怒但却能忍得一时,不动声色地将左腿后撤将身子微微后仰,嘴里说着:"吓死我了……"看准红椅子向前倾斜的角度后,大椅子突然用原地未动的右脚弹踢了对方左脚,然后再以左脚为轴向右猛一闪身:"走你!"红椅子只顾气势占优并未防备脚下,被大椅子连踢带晃,失去了重心,跟跄了好几步险些摔倒。

另两把红椅子二话不说抬脚就踢,大椅子一人难敌四手没几下就被踢得坐下了:"停!不打了,我输了……"说完又站了起来:"败者为寇,你们留下我走,小节子,帮我把门开开!"小椅子被叫蒙了:"开门?"大椅子:"对!叔叔很看重你,帮个忙!"小椅子为难了:"我?"红椅子:"输了你就服服帖帖的,干吗难为小的呀?"鸿导斥责红椅子:"这还轮不着你!老七,我对你非常器重,希望你在组织方面发挥特长,如果你参加小型化小节子就是你的第一个下属!"大椅子:"可惜我不参加呀!"鸿导极力挽留:"你走了谁演《坐井观天》呢?"大椅子故意激火:"你导的那些破东西我根本看不上,谁爱演谁演!""你!"的拿抬手指向大椅子被鸿导"啪"地一下子打回去了,鸿导:"它要参加小型化不就全解了吗?"大椅子哼笑一声:"我不参加!把门给我打开!"门钉双手横平竖直地一通瞎比画,边比画边说:"椅子叔,外边天已经亮了别走了!"大椅子:"臭小子甭废话帮我开开门!"铜锣:"怎么跟个倔驴似地不听劝哪?"大椅子:"就这么倔!谁帮我把门开开!"小跑驴:"你出去上哪儿啊?"的拿伸脖子在鸿导耳边耳语了几句,鸿导眉头一挑轻轻"嗯"了一声,随即转悲为喜换了语气:"老七,咱是亲的热的,我哪做得不对你尽管说,愿意回来随时欢迎,敲下门就行!"大椅子:"谢谢,开门!"的拿伸手把门从里边扭开。

2. 暗度陈仓

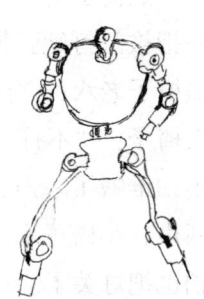

　　大椅子迈步走向库门，出去前，的拿在它身后说了一句："德行！"大椅子不仅不急反而觉得很开心，"哼哼"了两声算是回应，就在它一脚门里一脚门外之际，突然将左腿后撤用身体把库门倚住了，并对门外说："老八往里冲！快！全进来！"十几把黑椅子在一个叫"老八"的带领下应声闯了进来："哪儿呢谁呀？"一个个气势汹汹如入无人之境。

　　突如其来的变故，让鸿导措手不及，把它吓得浑身乱颤抬不起腿来："这……"相比于鸿导，的拿的反应要比其他人快得多，它一把揽住鸿导的腰单手上了锣槌所在的货架，把锣槌吓得跳到了地上。

　　黑椅子们进来后大椅子用"脚后跟"把门踢上，走到鸿导躲避的货架前边大声说："跑什么呀鸿导？我这些兄弟是来参加小

型化的，甭怕！"的拿："你不是不参加吗？"大椅子："我让我的兄弟参加呀！这些都是我原来2号库的兄弟，我可以对不起自己但不能对不起兄弟！兄弟们……"大椅子转回身看向红椅子："这仨是来跟咱抢饭碗的！你们答应吗？"黑椅子们齐声说："不答应！"大椅子："上！"

　　黑椅子叽里咕噜一拥而上，红椅子自知不敌转身就跑，除了一把被门钉勉强拎上货架外，其余两把被迫跑向了防潮层夹角，黑椅子老八："往哪儿跑！"门钉："椅子叔、椅子叔别打呀！"大椅子："不打？刚才打我的时候眼都不眨！"就在这关键时刻，不知谁喊了一声："关灯！"一句话点醒梦中人，只听"啪啪"两声，小椅子率先把防潮层下的开关关上了，随后是的拿反手一拍也把灯关了。

　　2号库里顿时一片漆黑，黑椅子们乱作一团没有了目标："谁这么缺德呀？"黑暗中，听到美人蕉的声音："跟你们学的！"大椅子顾不上还击美人蕉，直接点了小椅子的名："节子、节子……"忽听"砰"的一声闷响，一个什么物件倒地了，大椅子："谁躺下了？原地别动啊！"另一黑椅子："是谁谁说一声！"没人应声，大椅子："主任把灯开开，进了屋它们可都是你的了！"的拿："你得答应不再胡闹我就开开！"大椅子："先开开再说，没准还是红椅子呢？好吧我饶了它们了！""啪啪"又是两声，这回先开灯的是的拿，后开灯的是小椅子。

　　"啊！"灯光下大家看到，小跑驴脸朝防潮层躺倒在地，脸上是一种无可奈何的表情。大椅子离得最近，惊呼："哟！怎么是你呀？"小跑驴："你们也忒鲁莽了！"大椅子："这也不能赖我呀！"黑椅子老八："姐还认识我们吗？"小跑驴："认识，一群坏小子。"黑椅子老八："老七，怎么也得给它弄起来呀！"

大椅子:"鸿导,下来搭把手儿!"的拿让鸿导先别动,自己和门钉走了过来,俩人用了很大的力气小跑驴依然纹丝未动,的拿:"还真有点分量!"小跑驴:"这会儿不说腰细了吧!"

怎么办?黑椅子老八:"瞧我的,谁上后边接我一下!"黑椅子们看上去配合得非常默契,有黑椅子来到老八身后四脚落地,老八第一次先倒在身后椅子的座子面上,第二次再由大椅子伸脚接一下,最后仰面躺在地上把脚伸到小跑驴脖子下边,然后对大椅子说:"找俩人踩着我肩膀"有俩黑椅子走过来单脚踩住老八的椅子外框,黑椅子老八想运用椅子起来放下的原理把小跑驴挑起来。

大椅子指挥大家:"长胳膊带手的全过来,门钉,你一手拽隔板一手拽跑姐,红椅子别跟那戳着过来抵住支撑架……"美人蕉默默地跟着小椅子走到小跑驴身后。鸿导一看也下来了,搓着双手乐呵呵地过来帮忙:"给我腾个地方!"

黑椅子老八躺在地上问小跑驴:"跑姐,没听到挖地道的声音吧?"小跑驴:"你讨厌!"黑椅子老八:"我就是想让你放松点,一二三……起!"黑椅子老八首先把小跑驴挑起1米多高,其他人连拉带拽或倚或扛,大家齐心协力地把小跑驴顺利地扶了起来,老八也在大家的帮助下重新站起。

小跑驴起来后,鸿导连掸土带询问:"倒了怎么不言声啊……"继而发现它的耳朵有点破损,惊讶地说:"哟!你耳朵好像搓破了!"小跑驴的右侧耳朵在摔倒时搓破了一块。

听闻自己耳朵搓破了,小跑驴并没有哭天抢地怨天尤人,而是说:"这不正好遂你心愿吗?"鸿导最开始只是觉得自己有责任,经它一提醒立刻联想到:"就是说你也参加小型化?"小跑驴:"已然这样了我还怨谁呀?就这样吧!"鸿导对着小跑驴点头致

谢："没想到你能这么想得开，你和老七，一个急人所难一个心思缜密，尤其是老七，突然的爆发让我有点意想不到！"大椅子："其实我早有打算就是一直下不了决心，动心是在小节子走利索以后。"小跑驴："之前是一脸嫌弃，上学回来后……连看人家的眼神都变了！"鸿导："能学学吗？"小跑驴："不好学，它是偷着瞄、撇着看、踮脚尖、前后找，我都看着呢！"

　　大椅子在铁蛋糕和小椅子踢钢珠时，流露出的陶醉表情被小跑驴看在眼里记在心上。大椅子看了一眼小跑驴："的确，我是在观察它，上学回来后怎么看怎么顺眼那都不是爱了，尤其是安上手以后我就拿它当我自己了！"鸿导对的拿："看见了吧？这就是示范的作用！还好我们一直都坚持……"它又问大椅子："接下来有什么打算吗？"大椅子对的拿："主任给我算算连红带黑能有多少人。"

　　的拿看准一把黑椅子，在它身上目测心算分出等份，估计着说："大概四五十吧！"

　　大椅子对鸿导："那你要的人差不多就够了，我打算成立一个'小椅子演出公司'，打算让小节子当队长。未来，你们负责策划，它负责实施，有可能的话，我想让小节子把后勤服务和技术这块全包了！"小椅子："我？"大椅子的话来得突然，让小椅子有些摸不着头脑。

　　鸿导："全包了？那其他人干什么去呀？"大椅子："还在这儿啊，跑姐还管2号库，铜锣还在沙发上，哎对了！铜锣，刚才'关灯'是不是你喊的？"铜锣："你诬赖好人，我还说是你呢！"提示牌主动承认："我，我怕你抽风把这儿毁了！"大椅子："跑姐，坏人给你找出来了啊骂不骂是你的事。我建议把这个嘴欠的放到二道门外边去！"鸿导："又没犯什么重大错误得过且过吧！"

第八章 如愿以偿

提示牌："还有一个嘴欠的呢你怎不说呀？"大家不用猜就知道说的是锣槌。

大椅子："它不是嘴欠……是眼睛欠！"鸿导："哦？看了不该看的东西！"大椅子："是不该有的东西，鸿导别激动，麻烦把手伸到沙发底下去！"铜锣听了赶忙靠在沙发背上。鸿导："干吗？"大椅子表情神秘："摸出来看看！"鸿导延长手臂在沙发下摸索了片刻，突然像发现了新大陆一样把眼睛睁到最大，猜测着："什么呀这是？"扒拉出来后用嘴吹了吹上边的土，眼睛立刻放出光芒："手提电话！它怎么在这儿啊？"的拿伸过头来检查有没有镜头，大椅子："这是锣槌给你的厚礼，你还想换它吗？"鸿导抬头看它一眼："谁说换它了？没这个它也是首届迎春奖获得者。"说完，小声问的拿："这是镜头吗？"的拿点点头然后问大椅子："怎么回事啊老七？"

大椅子回忆道："挺早的时候有个保管员上这儿拿东西，打电话问了点什么事，问完随手把电话放沙发边上了，结果铜锣向前一出溜……把电话碰到地上了，锣槌看见后给我使了个眼色，我在保管员回来找之前给踢这底下去了，为什么铜锣说'有人比你还会捡'呀？它捡不到就污蔑我知道了吧！"鸿导心花怒放点指铜锣："歪打正着奇功一件！人无完人我也并不完全纯洁，老七，你们仨雪中送炭集体一等功！有了这个，我们就实现表现形式的多样化了！"大椅子："还可以把学校搬下来，让我们有机会欣赏一下这个世界！"鸿导发表感言："批准你们集体加入看会社，今天的事一波三折但结局堪称完美，回头我根据你们的故事再整理一个剧本，我宣布零号厅正式启用，《精灵频道》正式成立！"大椅子："跺脚欢迎！" 2号库一阵欢呼喝彩。

"你说完美铲哥呢？你有了新人忘旧人我们还缺一个人呢！"

 车铃侠

美人蕉突然发难把大家都说愣了,鸿导的头像个扶不起来的蒜头直接垂下来:"刚才事儿赶事儿忽略了,对不起!"美人蕉:"对不起有什么用?不把铲哥还回来我跟你没完!"美人蕉的话让鸿导惭愧至极。

对于大铲的"牺牲",鸿导觉得自己是无论如何也挽不回来的,它弓腰塌背沮丧地说:"铲老师这事我深表遗憾!"大椅子:"你们不是有秘方吗?出去找去就势走人!"美人蕉怒吼道:"你没天理!"铜锣:"有秘方的不就是铁蛋糕吗?"门钉:"我听面条说一眼没看见就溜了。"小跑驴:"我也看见了!"

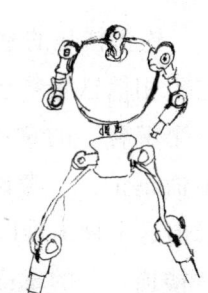

3. 磨刀不误砍柴工

正在大家议论纷纷时,铁笼子外有人说:"开下灯!"大家看到,一个盔甲装束的类人形小机器人从外边进来了。

离门最近的提示牌把腿伸出意在阻挡:"哪儿的?"盔甲武士一跳而过:"这儿的!"面朝铁笼子的铜锣:"铁鹞鹰子?"盔甲武士:"像吗?"铜锣:"特别像!尤其是声音!"盔甲装束的铁蛋糕不知道自己出去后发生的事,一看屋里站着很多黑椅子,不禁问道:"怎么这么多椅子叔啊?"大椅子:"你是谁呀?"铁蛋糕:"铁蛋糕啊!"

一听盔甲武士自称铁蛋糕大家有些不信,门钉:"我是你的什么?"铁蛋糕:"班长!"小椅子:"咱俩喜欢什么?"铁蛋糕:"你地道战我'哼'地一声!"小椅子挥挥手:"对上了!"

确认进来的就是铁蛋糕以后,鸿导暗示的拿:"跟它说秘方收好，它属于咱们这边。"的拿没有遵从只问了自己关心的："你这飞是怎么解决的？"铁蛋糕侧身调出推进器给的拿看："小垫圈设计的！"的拿感慨万分："要不是先改小节子……还真把你糟践了！"美人蕉一听是铁蛋糕不禁火冒三丈，质问它说："这会儿回来干吗呀？关键时刻你不在！"锣槌："还说是还手精灵呢！"

  铁蛋糕是的拿一手"带大"的，的拿对它的品行还算了解，它不相信铁蛋糕会临阵逃跑，但事实摆在这儿，铁蛋糕是得有一个解释。的拿："蛋糕，这节骨眼……去哪儿了？"铁蛋糕不慌不忙："考试去了！""考试？"的拿有心"袒护"铁蛋糕但这个理由难以服众，它严肃地问："在哪儿考的？"铁蛋糕："楼顶！"的拿："怎么上去的？"铁蛋糕："一缩脖儿！"的拿："谁考的？"铁蛋糕："宋应星宋老爷爷！"听到宋应星的名字，鸿导赶紧接话警告它："他是明朝的圣人你可不能拿他开玩笑！"铁蛋糕："没开呀，老爷爷亲自来的！"鸿导："考的什么？"铁蛋糕："天工开物词解和撒豆成兵实践！"鸿导："撒豆成兵实践？能叫来吗？"铁蛋糕："能！撒豆是叫兵的，电，是运兵的！"鸿导："运兵的？"铁蛋糕："对，您说的我们听见给用了，没有您的电兵启示我有兵也叫不来！"鸿导："这么说我也立功了？我老说我是发奖的没有立功机会，拿去用，这本身就是听觉艺术的天堂！"铁蛋糕："谢谢鸿导！"小椅子向前走了几步，问了一个所有学生都不愿听的问题："留作业了吗？"

  正在大家认为它问得不合时宜的时候，铁蛋糕却一本正经地回答了："留了，作业是怎么证明人人可以开物！"鸿导："这是老爷爷的千古一问难在证明！我希望你能用救回铲老师的实际行动证明自己，也让我洗脱罪名！"铁蛋糕："不急，铲哥我一

第八章 如愿以偿

叫就回来！"又对的拿："主任，您把您给我设计的形象图纸拿来！"的拿心里很矛盾，既希望它能做到又忌妒秘方不在自己手里："跟你现在没法比！献丑了啊，主要是给大家一个交代！"说完，把月历牌图纸拿给铁蛋糕看。

铁蛋糕明说"撒豆成兵"、暗念装备出新召唤令，叫兵、运兵整车满载一气呵成，"唰"，几十个憨态可掬、手握活结拉杆组合兵器的颤悠兵即刻出现在眼前。的拿："手里拿的什么？"铁蛋糕："短棍，活结拉杆您见过！"黑椅子中，有的交头接耳，有的偷偷抬脚做出踢的动作。的拿："它颤悠什么呀？"铁蛋糕："气人呢，跟您设计的一样吗？"的拿灵机一动："能留下吗？"铁蛋糕手一挥颤悠兵立刻消失了，再对的拿说："能来能去才叫撒豆成兵！"又对大椅子说："椅子叔，我把铲哥喊回来咱就两清了！"大椅子一语双关："不可能！"

铁蛋糕单拳曲臂说了声："铲哥回来！"只听"哗哗啦啦"几声响，不知去向的弹簧、螺丝连同脑袋前肢，分别从单只靴子和踩坏的磨盘里飞出来聚到了一起。铁蛋糕："怎么样椅子叔？两清吧！"大椅子吃惊过后："不行，这和你不记仇是两码事！这除了鸿导就是我们，你们，哪来的回哪！"美人蕉："我们还不想待呢！"

大铲的"死"而复生让鸿导惊喜交加，但大椅子又明显与自行车精灵格格不入，不知它是想一枝独秀还是仅仅容不下大铲？忽然，它想起了的拿曾经的提醒：要是遇见个有负性心理的还就麻烦了。倘若它将来成势不听招呼怎么办？

鸿导决定，大铲可以走蛋糕必须留。于是对铁蛋糕说："蛋糕，我替铲老师谢谢你，秘方你收好！你椅子叔也带人参加小型化了，但不知为什么它和铲老师总是针尖对麦芒互相容不下，你能说说

215

为什么吗?"铁蛋糕让小椅子站在自己身边,然后两个人又一起站到大铲身边,大铲虽然睡眼惺忪但体格优势明显,孰优孰劣一眼便知,让2号库的所有人恍然大悟。

铁蛋糕:"怎么样椅子叔?"大椅子:"一比吓一跳是不是?主任没偏没向但改造周期一定短不了,大铲抬手就打张嘴就骂10个小节子也未必是它对手,你们说呢?"大椅子虽然自私但又在情理之中,小跑驴:"要这么说我也有条件了,未来的小跑妹一定要会尥蹶子!"的拿担心再节外生枝,打包票说:"没问题跑姐你放心!"

症结找到了就需要解决,鸿导对大椅子说:"老七,我理解你但也得批评你,铲老师是我和主任使坏'请'来的,昨晚要不是下雨人家就会回去啦,你的担心没有必要。"又转身对大铲说:"你先恢复一下,等恢复好了我和主任亲自送你回花园,剧本的事,我去花园向您请教!"看到大铲发呆不说话,美人蕉扒拉了一下大铲说:"歇一会儿咱回小花园!"

大铲看上去像是刚刚睡醒反应有点迟钝,恍惚中,看到好多黑椅子在眼前还以为自己看重影了,但雄性的直觉又让它觉得并不安宁,眨了几下眼睛问美人蕉:"怎么眼前一片漆黑呀?"大椅子嬉笑着:"都是欢送你回家的!"大铲的记忆慢慢在恢复,它没理会大椅子而是先问了鸿导:"你让一个半大小子给我搞卫生安的什么心呀?"鸿导举手宣誓般地:"绝对出于好心!"大铲:"驴肝肺!"说完,看着门钉说:"你知道螺丝哪边是松哪边紧吗?"门钉的手指头左一圈右一圈不知哪边是对:"就这么着啊!"鸿导发誓的手向下压了一些:"慢点说怎么回事?"大铲:"它把我螺丝弄松了!不然我能散架吗?"鸿导变掌为拳:"就是说你不是让老七踢的?"所有精灵都盯着大铲,大铲:"它哪有那本事啊？不是我螺丝崩了早把它打成浪鸭子了！"

黑椅子们一脸茫然不知它在说什么，黑椅子老八："怎么回事啊老七？"大椅子："之前俩猩猩想联手掀翻我，结果男的不争气，一开始我也恨自己，但它说不是我踢的我也挺高兴！"黑椅子中，有的说："不是你踢的也是你吓的！"也有的说："还没咱们脚面高呢！"黑椅子老八则说："将来我们变小了它还真是个隐患！"大椅子对大铲说："实话实说没有蛋糕你也是完了，人家是首领你还是不行！"大铲转对铁蛋糕："铁蛋糕，今天当着大家我把话撂这儿，如果你能打赢它……我就认你当首领，打不赢……你把头一低给我走人！"美人蕉："咱不搭理它！"大铲："我非要争这口气！"大椅子："我不仅争我还有条件呢！"大铲："你随便提！"

两人针锋相对让鸿导非常为难，但心里，多少还是有些偏向铁蛋糕，它认为铁蛋糕心里干净没那么多成见，于是说："对我来说大家都是平等的，我不偏向任……"美人蕉："蛋糕回来你才说平等，之前我们就像没娘的孩子受气包似的！"铜锣："我也经常一天一天没人理！"大椅子："鸿导，既然说公平你就远远地看着，别一留不神踢着你。主任，你们全上货架我一会儿跟它提条件！"的拿："你要输了怎么办？"大椅子："不是跟蛋糕吗？输了我也不走，赶紧上去，走、走、走！"

小跑驴担心自己又被撞倒："老七，你还想让我出多少个小跑妹呀？"大椅子："我给你挡着，我还指着你管理呢！"说着，当真走到了小跑驴的身前把它挡在了身后。

大椅子挡在小跑驴身前，再对1米外的铁蛋糕说："你的人不躲躲吗？"铁蛋糕："不用，我要让它们看着我是怎么完成作业的，谢谢椅子叔给我这个机会！"说完，侧脸向"肩膀"处交

代事情，几个虚形白影武士很快上了管道路向左边跑去。

大椅子："机会是大铲给的你别谢我，我对你下不去脚，赢了连你都得走，你跟老八比画比画它心眼实。门钉，拿块毛巾给你八叔擦擦脸！"门钉一愣，鸿导："擦一下，咱一视同仁！"大椅子的要求并不过分，但门钉也不是一点不懂，一边擦一边提示鸿导："悬殊太大不是一个重量级的！"大椅子："它不是要证明人人开物吗，好！它，可以把刚才那些兵叫回来有什么上什么！我，我刚才说有条件，我的条件是如果它输了，它必须把秘方……交给鸿导！"大椅子的条件极其苛刻出乎所有人的意料，也使2号库的气氛骤然紧张。

鸿导的脸"唰"地一下红了，结结巴巴地："这……"大椅子的条件老辣准狠是典型的离间计，既讨好了鸿导又打压了竞争对手让鸿导有所动摇，它说："你这话是怎么说的，主任，说句话呀！"小跑驴："我觉得不合适！"鸿导："我也觉得是！"的拿："蛋糕是我带来的，输了也不能要！"鸿导："让我看看就行，最好不输！"这时，一大捆捆绑带从管道路扔到了地上，铁蛋糕："椅子叔，我原想把你们捆起来堆在门边上……"大铲看到捆绑带眼冒金光，走过去拽出一根："这东西好！"铁蛋糕："但一想你嫌主任干活儿慢……我应该帮你加把劲儿！"大椅子："没事，说大话不上税打坏了还省得主任拆了呢！"黑椅子老八："啊？打输了还得高兴是吗？"大椅子："赢了更高兴，赢了大铲就得走！"

黑椅子老八单脚画圈一步向前："老八瞎摸合眼脚下无情！"铁蛋糕变成车铃状态气定神闲："踢人有风险抢空了摔跟头，小心搬起的石头……"铜锣："砸了自己的脚！"大铲急得双拳捶地："瞧你这个怂劲要我早上去了！"

黑椅子老八闪电出击抬腿就是一脚，只听"砰"的一声，紧接着又"啊！"的一声痛苦惨叫，黑椅子老八好像人类光脚踢到了三角铁，"疼"得它单脚后跳转了一圈又一圈。铁蛋糕千斤零件在身纹丝未动，黑椅子一拥而上，铁蛋糕变回铁甲车铃侠纵身上了沙发背，大铲立起右掌："小心、小心、小心！"铁蛋糕明说："撒豆成兵！"暗念"装备出新"，只见"哗"地一下，100多个手持短棍的棒槌兵出现在了2号库，为首的举起短棍说："不老实敲它们脚丫子！"大铲："蛋糕，我认你了！"

　　铁蛋糕："怎么样椅子叔？"黑椅子们挪动脚步准备迎战，大椅子："想打我？老喽！""哗"又100多个手持枪械的盔甲武士出现在2号库，有的站在地上，有的站在货架格子里，把黑椅子们团团围在中间。铁蛋糕："椅子叔，其实我二拇指一动你就完了！"大铲："甭跟它客气！"大椅子命令黑椅子："你们闪开！"黑椅子闪开露出高腰靴子："你能把它打成筛子我就服你！"铁蛋糕："为什么打它？"大椅子："它没有还手能力！"铁蛋糕："不对称！我不是来欺负弱小的。椅子叔，我刚才不是说帮您加速拆解吗，要不要让老八暂时痛苦一下！"的拿："别打脸！"

　　二十几个盔甲武士在一个身上有锈的武士的带领下，对着老八就是一通齐射，瞬间就把老八的座子面打成了马蜂窝，紧接着又是"咔咔"几声，老八的骨架被截成了几个50厘米长的铁管。

　　铁蛋糕："椅子叔，昔日，我们弱的是装备，今天，我们强调装备出新办法优先，你以为我还会跟你拼刺刀吗？不会了！"

第九章　尾声
Chapter Nine

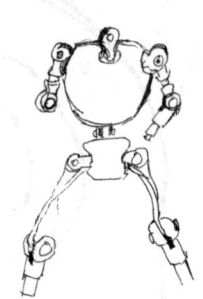

1. 各得所需

  那个身上有锈的持械武士在铁蛋糕收兵前跑到大铲面前说了几句话。

  看到大椅子呆若木鸡的样子鸿导心里暗暗高兴：铁蛋糕的这支神秘队伍一定会成为自己事业上的稳定基石，有了它们，就再也不怕别人骑到自己脖子上了。

  鸿导压抑着内心的兴奋出来打圆场："以小见大！老七，铁蛋糕的成长有如神助连我也甘拜下风。你放心，它是咱们的明白吗？这孩子内心善良，不管将来变成什么样它都得管你叫叔叔，蛋糕，叫叔叔！"铁蛋糕、门钉、小椅子异口同声喊了大椅子："椅子叔！""椅子叔……"就连铜锣也跟着起哄叫了一声，小跑驴："得啦！"

  大椅子性情高傲，骨子里具有一定的领导才能，面对铁蛋糕

第九章 尾声

超人的能力内心也是佩服的,再加上众人的劝说就着台阶下来了:"好吧,椅子叔衷心祝福你!希望将来你能对我这些改造后的椅子兄弟多多关照!"大家又把目光投向铁蛋糕。

铁蛋糕向前欠着身子:"那你得背我一会儿!"大椅子先是愣了一下,随后马上说:"行,来吧小子!"铁蛋糕三下两下从背后爬上大椅子肩头,脚踩着座子面边框手扶着椅子骨架,轻声对大椅子说:"改造后的椅子叔们也是一支队伍!"大椅子:"可以呀,说话算话啊,去跟主任说一声!"2号库里一片祥和,鸿导对的拿说:"以后再发现这样的车铃要先告诉我!"

大铲把铁蛋糕从大椅子身上叫下来,率领在场的自行车精灵:"蛋糕,小花园的砰砰炸都认你为首领啦,啊!"门钉听到"砰砰炸"闭上眼睛咧开嘴浑身打了个激灵。铁蛋糕:"我不当,我还是我!"大铲:"那以后有事听谁的?"铁蛋糕:"您的,您可以要求我帮您做事!"大铲:"你瞧这多不好意思啊?"

大椅子禀性难移:"呵,瞧这假模假式的,我同意你留下不走了!"大铲:"我也得待呀!你连跪着的资格都没有!"大椅子抬脚又想踢人被的拿揽住肩膀带向一边,问:"你自己怎么始终不参加呢?"大椅子:"我发现你们一说试验就找小节子,我等着替它万户飞天呢!"的拿一阵心酸把头扭向一边,拍着它的肩膀说:"什么年代了?不会的!"大椅子轻声说:"刚才蛋糕说……"的拿:"那倒可以商量商量……"

铁蛋糕过来问美人蕉愿不愿意留下来,美人蕉:"我不留!来两天光生气了,我打算待在花园数星星了。"铁蛋糕:"您不是喜欢看电视?"美人蕉:"再喜欢也不待,什么时候你们把不用电线的电视送到小花园我再看!"

的拿小声问大椅子:"这十几个一时半会儿在哪待呀?"大

椅子："还回隔壁1号库，那儿现在是空的，回头你把灯修好就行了！"的拿又问红椅子："你们呢？"被叫来的红椅子："它们俩留下我回去，下午还有会呢。"的拿："带几个还能用的黑椅子走行吗？"红椅子问大椅子："它们愿意吗？"四五个黑椅子异口同声："愿意。"在盒尺精灵的帮助下，几个黑椅子跟着红椅子又从原路到了审看小礼堂。

"蛋糕，我有个私事……"原来，那个身上有锈的盔甲武士在铁蛋糕收兵前快步走到大铲跟前自称是生锈转铃，希望大铲帮忙说情把它留下。大铲："……不然我就不走……"铁蛋糕唤出生锈转铃，对它说："铲哥是咱们的首领你要多帮助它！"大铲："不是了、不是了！"铁蛋糕："还是！"美人蕉："还是、还是，这才是皆大欢喜！"生锈转铃："你跟我说完了'后会有期'怎么又后悔了？"大铲凝眉想了想，说："当时慌啊，再一想你是自愿回炉的，说再见不得炉子里见哪，可不就后悔了！"

就在大铲带队走出铁笼子刚刚离开时，面条毫无征兆地从管道路上下来了，手里拿着较为正规的A4纸，既不交给鸿导也不拿给的拿，而是向上一蹲坐在了沙发背上自顾自地念了起来。

"宣读：经铲老师口述鸿导整理，原名'青蛙的责任'的舞台剧现改为《坐井观天》第二部，名字暂定为《坐井不观天》……"鸿导："不观天？"面条："对，不观天了！第二部是第一部的延续可以反静为动一脉相承，落入井里的青蛙不再安于现状而是勇敢地回到地面，以牺牲自我为代价唤起人类对食品安全和生存环境的重视，变异害虫稻飞虱诡计多端，联合蝗虫将青蛙捆绑后偷偷送到人类的家门口，妄图借人类之口根除天敌青蛙，这其中还有一个环境问题老专家，专家老头子夜不能寐很快识破了害虫的险恶用心……"鸿导及时发现问题："停！怎么能用老头子这

第九章 尾声

个词呢？"面条："我怕引不起您的注意！"鸿导："听着哪，我正踅摸着给你一个三等功的机会呢，继续！"面条脸上堆起笑容："害虫的险恶用心是最终加害人类，于是……"大椅子："这故事编得不错！"

这时，走在队尾的守业队尾变队首调转身体，已经走出铁笼子的大铲、美人蕉又回来了，提示牌转到了沙发背面，锣槌倚在扶手边上，大家纷纷聚到沙发周围屏气聆听，大铲和大椅子相互对眼又要起纷争……

车铃侠

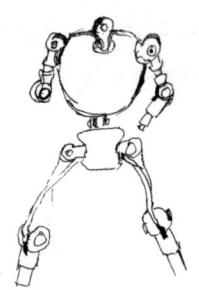

2. 儿行千里母担忧

  广阔的楼宇间,"斤山"号漏勺船慢悠悠地向前飞行,船尾的漏勺妈妈坐姿已由原来的脸朝前变成了面向后,它不时地眺望远方,或许是放心不下那个已经随着它人思维落地的孩子……